তারিণীখুড়োর কীর্তিকলাপ

সত্যজিৎ রায়

তারিণীখুড়োর কীর্তিকলাপ

আনন্দ

প্রথম সংস্করণ সেপ্টেম্বর ১৯৮৫
অষ্টাদশ মুদ্রণ এপ্রিল ২০২৬
প্রথম ই-বুক সংস্করণ ২০২০

প্রচ্ছদ ও অলংকরণ সত্যজিৎ রায়

ISBN 9788170668701 (print)
ISBN 9789390048267 (e-book)

প্রকাশক: আনন্দ পাবলিশার্স প্রাইভেট লিমিটেড
হেড অফিস: ৯, প্রফুল্ল সরকার স্ট্রিট, কলকাতা ৭০০০০১
রেজিস্টার্ড অফিস: ৪৫, বেনিয়াটোলা লেন, কলকাতা ৭০০ ০০৯

CIN: U22121WB1957PTC023534

মুদ্রক: বসু মুদ্রণ, ১৯এ সিকদার বাগান স্ট্রিট
কলকাতা ৭০০ ০০৪

TARINIKHUROR KIRTIKALAP
[Juvenile fiction]
by
Satyajit Ray

Published by Ananda Publishers Private Limited
45, Beniatola Lane, Calcutta 700 009

আমাদের প্রকাশিত
এই লেখকের অন্যান্য গ্রন্থ

অপুর পাঁচালি (প্রবন্ধ)
আমাদের ছবি তাহাদের ছবি
আরো একডজন
আরো বারো
আরো সত্যজিৎ
একডজন গপ্পো
একেই বলে শুটিং (প্রবন্ধ)
একের পিঠে দুই
এবারো বারো
কলকাতায় ফেলুদা
কৈলাসে কেলেঙ্কারি
গল্প ১০১
গ্যাংটকে গণ্ডগোল
গোরস্থানে সাবধান
ছিন্নমস্তার অভিশাপ
জবর বারো
জয় বাবা ফেলুনাথ
টিনটোরেটোর যীশু
ডবল ফেলুদা
তোড়ায় বাঁধা ঘোড়ার ডিম
দার্জিলিং জমজমাট
নয়ন রহস্য
পাহাড়ে ফেলুদা
পিকুর ডায়রি ও অন্যান্য
(বড়দের গল্প)
পুনশ্চ প্রোফেসর শঙ্কু
প্রতিকৃতি
প্রবন্ধ সংগ্রহ
প্রোফেসর শঙ্কু
প্রোঃ শঙ্কুর কাণ্ডকারখানা
ফটিকচাঁদ
ফেলুদা একাদশ
ফেলুদা এন্ড কোং
ফেলুদা ওয়ান ফেলুদা টু
ফেলুদার পান্চ

ফেলুদা প্লাস ফেলুদা
ফেলুদার সপ্তকাণ্ড
ফেলুদা সমগ্র (দু'খণ্ড একত্রে)
বাক্স রহস্য
বাঃ! ১২
বাদশাহী আংটি
বিষয় চলচ্চিত্র (প্রবন্ধ)
বোম্বাইয়ের বোম্বেটে (ফিল্ম এডিশন)
ব্রেজিলের কালো বাঘ
মহাসংকটে শঙ্কু
মোল্লা নাসিরুদ্দিনের গল্প
যখন ছোট ছিলাম
যত কাণ্ড কাঠমাণ্ডুতে
রবার্টসনের রুবি
রয়েল বেঙ্গল রহস্য
শঙ্কু একাই ১০০
শঙ্কু সমগ্র
সাবাস প্রোফেসর শঙ্কু
সিনেমায় ডবল ফেলুদা
(ফিল্ম এডিশন)
সেলাম প্রোঃ শঙ্কু
সুজন হরবোলা
সেরা সত্যজিৎ
সেরা সন্দেশ (সম্পাদিত)
সোনার কেল্লা
স্বয়ং প্রোফেসর শঙ্কু
হত্যাপুরী

কমিক্স

অম্বর সেন অন্তর্ধান রহস্য
ইজিপ্সীয় আতঙ্ক • স্বপ্নদ্বীপ
ইন্দ্রজাল রহস্য
একশৃঙ্গ অভিযান
এবার কাণ্ড কেদারনাথে
কৈলাস চৌধুরীর পাথর
গোঁসাইপুর সরগরম
গোলকধাম রহস্য
গোলাপী মুক্তা রহস্য
গ্যাংটকে গণ্ডগোল
ঘুরঘুটিয়ার ঘটনা
জাহাঙ্গীরের স্বর্ণমুদ্রা
ডক্টর শেরিং-এর স্মরণশক্তি
ডন ক্রিস্টোবাল্ডির ভবিষ্যদ্বাণী
দার্জিলিং জমজমাট
নয়ন রহস্য
নীল আতঙ্ক (গল্পে সত্যজিৎ)
নেপোলিয়নের চিঠি
প্রোফেসর রন্ডির টাইম মেশিন
প্রোফেসর শঙ্কু ও ইউ এফও
প্রোফেসর শঙ্কু ও কোচাবাম্বার গুহা
প্রোফেসর শঙ্কু ও গোরিলা
প্রোফেসর শঙ্কু-চী-চিং •
আশ্চর্য পুতুল
প্রোফেসর শঙ্কু-হাড় • রোবু
ফেলুদার গোয়েন্দাগিরি
বাদুর বিভীষিকা (অলৌকিক)
বোসপুকুরে খুনখারাপি
ভূস্বর্গ ভয়ংকর
মরুরহস্য • শঙ্কু ও আদিম মানুষ
মহাকাশের দূত
মানরো দ্বীপ • আশ্চর্জন্তু
রক্তমৎস্য রহস্য • ম্যাকাও
রবার্টসনের রুবি
রয়েল বেঙ্গল রহস্য
লন্ডনে ফেলুদা
শঙ্কুর কঙ্গো অভিযান
শঙ্কুর সুবর্ণ সুযোগ
শেয়াল-দেবতা রহস্য
হত্যাপুরী
হিপনোজেন

তারিণীখুড়োর কীর্তিকলাপ

ডুমনিগড়ের মানুষখেকো

'আমি তখন ছিলাম ডুমনিগড় নেটিভ স্টেটের ম্যানেজার', বললেন তারিণীখুড়ো।

'ডুমনিগড় ম্যাপে আছে?' জিগ্যেস করল ন্যাপলা। ন্যাপলার মুখে কিছু আটকায় না।

'তোর কি ধারণা ম্যাপে যা আছে তার বাইরে আর কিছু নেই?' চোখ-কান কুঁচকে বিস্ময় আর বিরক্তি দুটোই একসঙ্গে প্রকাশ করে বললেন তারিণীখুড়ো। 'ম্যাপ তৈরি করে কারা? মানুষে ত! ভগবানের সৃষ্টিতে ডিফেক্ট থাকে জানিস? জোড়া মানুষ সায়ামীজ টুইন্‌সের কথা শুনিসনি? হাতে ছটা করে আঙুল, বাছুরের দুটো মাথা—এসব শুনিসনি?—ম্যাপে নেই ডুমনিগড়। এই নিয়ে ফিলিপ্‌সের অ্যাটলাস কোম্পানিকে কড়া চিঠি দিয়েছিলাম সেই সময়। তারা লিখলে, ভেরি সরি, আগামী সংস্করণে শুধরে দেবে। দেয়নি যে, সেটা স্রেফ গাফিলতি। ডুমনিগড় হচ্ছে মধ্যপ্রদেশের বাঘেলখণ্ডে। মাইহার অবধি ট্রেন, তারপর একশো বত্রিশ কিলোমিটার পুবে গাড়িতে। হল?'

ন্যাপলা চুপ মেরে গেল। আমরাও বাঁচলাম, কারণ তারিণীখুড়োর গল্প শোনার আগ্রহ আমাদের সকলের সমান, ন্যাপলারও। খুড়ো আসলে আমাদের কেউ হন না, তবে খুব ছেলেবেলা থেকেই দেখে আসছি ইনি মাঝে-মধ্যে আসেন আমাদের বাড়িতে। আমার জন্মের আগে বাবারা যখন ঢাকায় ছিলেন, তখন তারিণীখুড়ো ছিলেন আমাদের পড়শি। তাই খুড়ো। বাবারও খুড়ো, আমাদেরও খুড়ো। খুড়ো ছাড়া আর ওঁকে কেউ কিছু বলে ব'লে জানি না। বাবার কাছেই শুনেছি যে, ভদ্রলোক নাকি চাকরির ধান্দায় সারা ভারতবর্ষ ঘুরেছেন, আর অভিজ্ঞতাও হয়েছে বিচিত্ররকম। কাজেই গল্পের স্টক অঢেল। খুড়ো বলেন যে শুধু আর্টের খাতিরে যেটুকু কল্পনার আশ্রয় নিতে হয় সেটুকু ছাড়া নাকি সবই সত্যি।

গল্পের প্রথম লাইন বলে থেমে গেছেন খুড়ো, কারণ তাঁর ফরমাশ-মতো দুধ-চিনি ছাড়া চা এসে গেছে। এ-জিনিসটি একটু বেশি রসিয়ে-রসিয়ে খাচ্ছেন দেখে ন্যাপলা অধৈর্য হয়ে বলল, 'ডুমনিগড়ে হলটা কী ?'

'বলছি, বলছি,' বললেন তারিণীখুড়ো। এই র'টি খাওয়ার অভ্যাস আমার ডুমনিগড় থেকেই। রাজা ভূদেব সিং-এর হয়েছিল ডায়াবিটিস। এককালে সাত রঙের সাত রকম মিঠাই বরাদ্দ ছিল রোজ দুবেলা। তাছাড়া নিয়মিত মদ্যপান করতেন। আমার ডাক পড়ত সন্ধ্যাবেলা যেদিনই খুলতেন শঁপাঞ-এর বোতল'।

'শঁপাঞ ?'—নামটা আমাদের সকলের কাছেই নতুন।

'অশিক্ষিতরা যেটাকে বলে শ্যামপেন', বললেন খুড়ো। 'যাই হোক, রাজা একদিনে সব পরিত্যাগ করেন। আমার চোখের সামনে ষোলো স্টোন থেকে সাড়ে ন' স্টোনে নেমে গেল ওজন। আর সেই সময়ই খুনটা হয়।'

'খুন ?'

আমাদের পাঁচজন শ্রোতার পাঁচ রকম গলায় একসঙ্গে উচ্চারিত হল প্রশ্নটা।

'হ্যাঁ, খুন। রাজার তিন ছেলে—শ্রীপত, ভূপত আর অনুপ। ছোটটা রায়পুরে রাজকুমার কলেজে পড়ে, বড় দুটো পড়াশুনা শেষ ক'রে ডুমনিগড়েই থাকে। বড় শ্রীপতই হল খুন। শ্রীপতের ইয়ার ছিল নারায়ণ শ্রীমল। ধনী ব্যবসাদার ডুমনিগড়ের রাইস-কিং পুরুষোত্তম শ্রীমলের একমাত্র ছেলে। জুয়ার আড্ডা বসত নারায়ণের বাড়িতে। এক সন্ধ্যায় তুমুল বচসা হয় শ্রীপত আর নারায়ণে। প্রায় হাতাহাতি। শ্রীপত জিতছিল প্রায় বিশ হাজার টাকা। সেই সময় নারায়ণের হাতে তার জোচ্চুরি ধরা পড়ে যায়। নারায়ণ শাসায় তাকে খতম করবে বলে।

'যাই হোক, খেলা শেষ করে বাড়ি ফিরছিল শ্রীপত। তখন রাত এগারোটা। হেঁটেই ফিরত। রাজবাড়ি থেকে শ্রীমলদের বাড়ি হাফ-এ-মাইল। পথে পড়ে রাম সরোবর। ভারী সুদৃশ্য লেক, ঠিক মধ্যিখানে একটি শ্বেতপাথরের মিনি-প্রাসাদ, নৌকো করে যাওয়া যায় সেখানে। সেই লেকের ধারে কে জানি রিভলভার দিয়ে গুলি করে শ্রীপতকে। পয়েন্ট-ব্ল্যাঙ্ক রেঞ্জ থেকে মেরেছে, এক গুলিতেই সাবাড়। পুলিশ নারায়ণকে সন্দেহ করে। সে যে শ্রীপতকে মারবে বলে শাসিয়েছে, সে-কথা জেরাতে আড্ডার সকলেই স্বীকার করে, কিন্তু শেষ পর্যন্ত উপযুক্ত প্রমাণের অভাবে নারায়ণ বেকসুর খালাস পেয়ে যায়। আমি অবশ্য খুনের সময় কাছেই ছিলাম।'

'বলেন কী !' আবার পাঁচটা গলা একসঙ্গে।

'জোনাকি স্টাডি করছিলাম', বললেন তারিণীখুড়ো। 'সামনে দেওয়ালি—রাজাকে কথা দিয়েছিলাম পিদ্দিমের বদলে একটা নতুন ধরনের বাতির বন্দোবস্ত করব। ইলেকট্রিক নয়। কাঁচের টিউবের অর্ডার দিয়ে

দিয়েছিলাম। রাজবাড়ির যত ব্যালকনি আর যত বারান্দা সব কটার আলসে আর রেলিঙের উপর টিউব বসানো থাকবে, আর তার মধ্যে ছাড়া থাকবে জোনাকি। অবিশ্যি নিশ্বাস-প্রশ্বাসের জন্য ফুটো থাকবে টিউবে। নির্ঘাত চমকপ্রদ ব্যাপার হত, তবে বড়কুমারের মৃত্যুর জন্য সেবার আর কোনো ঘটা হয়নি দেওয়ালিতে।'

'আপনি খুনিকে দেখেছিলেন?' জিগ্যেস করল ন্যাপলা।

'না, দেখিনি। গুলি করেই সে পালায়। তবে খুনের খবরটা আমিই দিই। আমি যদি অন্যমনস্ক না থাকতাম তাহলে হয়ত খুনিকে হাতে-নাতে ধরে ফেলতে পারতাম, কিন্তু সেটা হবার ছিল না। ফলে একটা জলজ্যান্ত অপরাধী চিরকালের মতো রেহাই পেয়ে গেল।'

তারিণীখুড়ো বিড়ি ধরাতে থেমেছেন, আমরা মুখ চাওয়া-চাওয়ি করছি, গল্প শেষ কিনা তাও বুঝতে পারছি না, এমন সময় খুড়ো আবার শুরু করলেন।

'এদিকে বড় ছেলের মৃত্যুতে রাজা আঘাত পেয়েছেন খুবই, আর তাতে অসুখও গেছে বেড়ে। এমন সময় একটা অন্য গণ্ডগোল দেখা দিল।

'খুনের মাসখানেক আগে দুই আমেরিকান এসেছিল রাজার অতিথি হয়ে। আসল উদ্দেশ্য শিকার। ডুমনিগড়ের পুবদিকে পাহাড়ের শ্রেণী, আর তার পাদদেশে গভীর জঙ্গল। যাকে বলে হান্টারস প্যারাডাইজ। বহু বিদেশী শিকারি ডুমনিগড়ে এসে শিকার করে গেছে, রাজা তাদের জন্য ঢালাও বন্দোবস্ত করে দিয়েছেন। বীটাররা বন পিটিয়ে কাঁসি ক্যানেস্তারা পিটিয়ে বাঘ এনে ফেলে দিয়েছে শিকারিদের সামনে, আর তারা হাতির পিঠ থেকে শার্দূলসংহার করে খুশি মনে দেশে ফিরে গেছে।

'এইবার ওই দুই অ্যামেরিকানের একটি, নাম স্যাঙ্গার, চল্লিশ হাত দূর থেকে পর-পর দুটি গুলি মেরেও বাঘকে জখমের বেশি কিছু করতে পারল না। একটা গুলি লাগল ল্যাজে, একটা পিছনের পায়ের গোড়ালিতে। সেই বাঘ এখন হয়ে গেছে নরখাদক। এটা খুবই স্বাভাবিক ঘটনা, তোরা জানিস বোধহয়। পুলাম্বি, হাড্‌ডা আর থুয়ারা—পাহাড়ের নীচে এই তিনটি গ্রাম থেকে সতেরোজন মেয়ে-পুরুষকে ধরে নিয়ে গেছে সেই বাঘ। গাঁয়ের লোকে রাজার কাছে এসে হত্যা দিয়েছে, ওই বাঘের শেষ না দেখা পর্যন্ত তাদের সোয়াস্তি নেই। বাঘের ভয়ে তারা বাড়ি থেকে বেরোতে পারে না, সেই সুযোগে তাদের খেতের ফসল খেয়ে নিচ্ছে হরিণ আর শুয়োরের দল।

'রাজা ডেকে পাঠালেন আমাকে। বললেন "ট্যারি"—রাজা আমাকে ট্যারি বলেই ডাকতেন—"ট্যারি,এখন তুমিই ভরসা। এই ম্যানইটারের একটা বিহিত না করলেই নয়। তোমার কী লোকজন লাগবে বলো, আমি দিয়ে দিচ্ছি। তুমি দু-একদিনের মধ্যেই বেরিয়ে পড়ো।"

'এখানে বলা দরকার যে, মেজোকুমার ভূপত সিং-ও শিকারে সিদ্ধহস্ত। তেইশ বছর বয়স, কিন্তু এর মধ্যেই বড় বাঘ ছোট বাঘ মিলে সংখ্যা দাঁড়িয়েছে তিয়াত্তর। তবে এটা জানি যে, রাজা মেজোকুমারের খুব একটা ভক্ত নন, কারণ সে অতি উচ্ছৃঙ্খল প্রকৃতির ছেলে। তাছাড়া মদ জিনিসটাকে একটু বেশিরকম পছন্দ করে। আমি মেজোকুমারের হয়ে একবার সুপারিশ করেও কোনো ফল হল না।

'কাজেই আমাকেই রাজি হতে হল। আমার তখন জোয়ান বয়স, সবে ত্রিশ পেরিয়েছে। চোখে মাইনাস পাওয়ারের পুরু চশমা সত্ত্বেও অব্যর্থ টিপ। কর্নেল হোয়াইটহেড নিজে হাতে ধরে বন্দুক চালানো শিখিয়েছেন আজমীরে থাকতে।

'যেখানে উৎপাতটা হচ্ছে, সেখানে পৌঁছতে হলে একটা ছোট নদী পেরোতে হয়। সে নদীর নাম লুঙ্গি কেন জিগ্যেস করিসনি ন্যাপলা, কারণ উত্তর আমি জানি না। এই লুঙ্গিরই পাশে এক অশ্বত্থ গাছের তলায় মাস চারেক হল এক বাবাজি এসে আস্তানা গেড়েছেন, এ-খবর আমরা পেয়েছি। রাজার আবার হোলি ম্যানে খুব বিশ্বাস ; বলে দিলেন যাবার সময় আমি যেন একবার দেখা করে যাই। রাজা শুনেছেন বাবাজির কাছে নাকি অনেকরকম ওষুধ আছে ; যদি ডায়াবিটিসের কোনো ওষুধ বলতে পারেন আমি যেন সেটা জেনে নিই।

'জানুয়ারি মাস, প্রচণ্ড শীত পড়েছে সেবার, তারই মধ্যে দুটি বেয়ারা সমেত বেরোবার সব তোড়জোড় করে ফেললাম। রাজার কাছে বিদায় নিতে গিয়ে দেখি মেজোকুমার বসে রয়েছেন তাঁর ঘরে। বুঝলাম একটা কথা-কাটাকাটির মাঝখানে গিয়ে পড়েছি। রাজা তখনও হাঁপাচ্ছেন, এবং আমার সামনেই মেজোকুমারকে কড়া কথা শুনিয়ে তাঁকে ঘর থেকে বিদায় করে দিলেন। বেরোবার মুখে কুমার আমার প্রতি যে দৃষ্টি হানলেন, সেটা মোটেই প্রসন্ন নয়। বুঝলাম তাঁকে বাদ দিয়ে আমাকে বাঘ মারতে পাঠানো হচ্ছে সেটা আদৌ ওঁর মনঃপূত নয়। তবে সিদ্ধান্তটা তো আমার নয়, সেটার জন্য দায়ী স্বয়ং রাজা ভূদেব সিং। কাজেই আমার উপর চোখ রাঙানোর কারণটা বোধগম্য হল না।

'লুঙ্গি নদী ডুমনিগড় থেকে ৩২ মাইল, অর্থাৎ আজকের হিসেবে পঞ্চাশ কিলোমিটার। তখন দ্বিতীয় মহাযুদ্ধ চলেছে, তবে ডুমনিগড়ে জীপ আসেনি। রাজার একটা পুরনো ফোর্ড ছিল, সেটা খুব মজবুত। তাতে করেই পৌঁছে গেলাম এক ঘন্টার ভেতর। শিকারের জন্য যাবতীয় যা কিছু দরকার, সবই সঙ্গে এসেছে। নদী পেরিয়ে আরো যেতে হবে সতেরো মাইল, তার জন্য ফরেস্ট ডিপার্টমেন্টের গাড়ি থাকবে ওপারে। রেঞ্জার নিজেও থাকবেন, আমরা গিয়ে উঠব ফরেস্ট রেস্ট হাউসে।

'অবিশ্যি ওপারে যাবার আগে একটা কর্তব্য সারতে হল। উদাস বাবার আশ্রমে একবার ঢুঁ দিতে হল। গেরুয়াধারী বাবাজি শিষ্য-শিষ্যা-পরিবেষ্টিত হয়ে

পর্ণকুটিরের সামনে বাঘছালের উপর বসেছেন, সামনে ধুনি জ্বলছে। চেহারাটি বেশ ভক্তি-উদ্রেককারী, দাড়ি-গোঁফ-জটা সত্ত্বেও অনেক সাধুর চেয়ে বেশি পরিষ্কার-পরিচ্ছন্ন, জংলিভাব একেবারেই নেই।

'সাধু আমাকে দেখেই স্মিতহাস্য করে "আইয়ে" বলে তাঁর সামনে একটা জায়গা দেখিয়ে দিলেন। আমি গিয়ে বসলাম। সাধু চেয়ে রইলেন আমার দিকে। ঠোঁটের কোণে সেই স্মিত হাসির রেশ। মনে মনে ভাবছি এত দেখার কী আছে, এমন সময় বাবাজি হঠাৎ বলে উঠলেন, "বাঙালি?" এবং যেভাবে যে-উচ্চারণে বললেন তাতে বুঝলাম ইনি নিজেও বাঙালি। এতে অবাক হলাম বই কী, কারণ যেদিন থেকে বাবাজি আস্তানা গেড়েছেন সেদিন থেকে শুনছি এনার কথা, কিন্তু কেউ বলেনি ইনি বঙ্গসন্তান।

"কী চাস তুই?"

'এখানে বলে রাখি, বাবাজিদের এই হোলসেল তুইতোকারির ব্যাপারটা আমি মোটে বরদাস্ত করতে পারি না। তাই এনার প্রশ্ন শুনে ধাঁ করে মাথায় রক্ত উঠে গেল। বললাম, "রাজার অনুরোধে তোর সঙ্গে দেখা করতে এলাম।"

'বাবা কিন্তু আমার মুখে তুই শুনে মোটেই বিরক্ত বা বিচলিত হলেন না। বরং এবার যে-কথাটা বললেন, তাতে আমি হকচকিয়ে গেলাম তো বটেই, সেই সঙ্গে বেশ খানিকটা নম্রও হয়ে গেলাম।

"রাজার জন্য ওষুধ আমি দিয়ে দিচ্ছি। বলিস চিন্তা করার কিছু নেই। অসুখ সেরে যাবে, তবে পুত্রশোক থেকে রেহাই নেই। বড়টা গেছে, পরেরটাও যাবে। ছোটটি ভাল ছেলে, সেই বাপের মুখ রাখবে। তবে রাজত্ব নেই কপালে, কারণ রাজা আর থাকবে না দেশে। দেশ স্বাধীন হয়ে যাবে।"

'আমি কী বলব ভেবে পাচ্ছি না, এমন সময় বাবাজি বললেন, "তোর জন্যেও ওষুধ আছে।"

'আমার ওষুধ? সে আবার কী? জিগ্যেস করলাম, "কিসের ওষুধ?"

"তুই বাঘের পেটে যেতে চাস?"

"সেটা আর কে চায় বলুন।"

"তাহলে আরো কাছে আয়।"

'আমি আরেকটু এগিয়ে গেলাম সাধুবাবার দিকে। বাবাজি তাঁর ঝোলা থেকে একটা কৌটো বার করে তার থেকে খানিকটা সবুজ মলম নিয়ে আমার কপালে ঘষে দিলেন। হিঙ আর কস্তুরী মেশানো একটা গন্ধ এল নাকে।—"ব্যস্, আর ভয় নেই তোর।"

'রাজার জন্য ওষুধ নিয়ে বিদায় নিলাম। মনে-মনে বললাম, বাবাজির ক্ষমতা অসীম, কারণ আমার কাছ থেকে "তুই" থেকে "আপনি" সম্বোধন আদায় করে নিতে লেগেছে ঠিক দু মিনিট।

'রেস্ট হাউসে পৌঁছে গেলাম আধ ঘন্টার মধ্যেই। গিয়ে দেখি সব ব্যবস্থা হয়ে আছে। আমি আসছি সে-খবর আগেই পৌঁছে গেছে, তিন গাঁয়ের তিন মোড়ল এসেছে আমার সঙ্গে দেখা করতে। বললাম আমার যতদূর সাধ্যি আমি করব।

'শীতকালের দিন ছোট, তাই সাড়ে চারটের মধ্যে বনমোরগের রোস্ট খেয়ে বেরোবার জন্য তৈরি হয়ে গেলাম। স্থানীয় শিকারি শুকদেও তেওয়ারি আমাকে সাহায্য করছে; সে মাচা বাঁধার জন্য গাছ বেছে রেখেছে সমতল জমি যেখানে শেষ হয়ে পাহাড় শুরু হয়েছে সেইরকম একটা জায়গায়। কাছাকাছির মধ্যে বাঘের পায়ের টাটকা ছাপ পাওয়া গেছে। একটি মোষও কেনা হয়েছে টোপ হিসেবে, সব মিলিয়ে ব্যবস্থা ভালই। আমি একাই থাকব পাহারায়, সকালে শিকারি ও কুলির দল এসে আমায় মীট করবে। তার মধ্যে যদি কাজ সারা হয়ে যায় তো ভালই, নইলে কাল সন্ধে থেকে আবার বসতে হবে। এ-ভাবে কতদিন চলবে জানা নেই।

'রেস্ট হাউস ছাড়বার মুখে আরেকটা গাড়ির আওয়াজ পেলাম। এ-আওয়াজ আমার চেনা। এ হল মেজোকুমারের পন্টিয়াক টুরার। ব্যাপার কী?

'মেজোকুমার গাড়ি থেকে নেমেই কারণটা জানিয়ে দিলেন। বললেন বাবাকে বলে রাজি করিয়েছেন, তিনিও আমার সঙ্গে নরখাদকের সন্ধানে যাবেন। এমন একটা গুরু দায়িত্ব শুধু একজনের উপর দেওয়ার কোনো মানে হয় না।—"দাদার মৃত্যুতে বাবার বুদ্ধিশুদ্ধি সব লোপ পেয়েছে।"

'কথাটা শুনে আমার মোটেই ভাল লাগল না। রাজা সত্যিই অনুমতি দিয়েছেন কি না জানার কোনো উপায় নেই। আমার ধারণা তিনি বারণই করেছেন, কিন্তু ঈর্ষাবিশত ইনি নিজেই চলে এসেছেন।

'কী আর করি। মনিবের সন্তান, তার সঙ্গে তো আর ঝগড়া চলে না। তখনই তেওয়ারিকে বলে একটা দ্বিতীয় মাচার বন্দোবস্ত করা হল। তবু ভাল যে, মেজোকুমার তাঁর নিজের জন্য শিকারের সব সরঞ্জাম সঙ্গেই এনেছিলেন।

'দুজনে গিয়ে উঠলাম মাচাতে। আমারটা শিমুল গাছ, ওনারটা বাদাম। আমাদের রেখে দল ফিরে গেল। আমরা রাত্রি জাগরণের জন্য তৈরি হলাম। নীচে থেকে যাতে বাঘ বুঝতে না পারে তার জন্য দুটো মাচার নীচেই লতাপাতা দিয়ে ক্যামুফ্লাজ করা হয়েছে। ব্যবস্থা পাকাপোক্ত।

'কুমার দেখি মাচায় উঠে ব্র্যাণ্ডির বোতল খুলেছেন। আমি ইশারায় তাঁকে বারণ করার চেষ্টা করলাম, তিনি আমার দিকে চেয়েও চাইলেন না।

'অন্ধকারটা যেন একটু আগে হল মনে করে আকাশের দিকে চেয়ে গাছের পাতার ফাঁক দিয়ে দেখি, কালো মেঘে দিগন্ত ছেয়ে গেছে।

'ছ'টা নাগাত বিদ্যুৎ ও বজ্রপাতের সঙ্গে মুষলধারে বৃষ্টি নামল। বাঘ বৃষ্টির

তোয়াক্কা করে না, শিকারিরও করা উচিত নয়, কিন্তু শীতকালের বৃষ্টি বলেই বোধহয় অনুভব করলাম ওভারকোট ভেদ করে বরফের মতো ঠাণ্ডা জল আমায় কাঁপুনি ধরিয়ে দিচ্ছে। এমনিতে আমার অসুখ-বিসুখ হয় না বললেই চলে, কিন্তু সর্দি জিনিসটাকে আমি বড় ভয় পাই। এটা চিরকালের ব্যাপার। যখন একটা হাঁচি হল, তখন প্রমাদ গুনলাম। মাচায় বসা শিকারির পক্ষে হাঁচি-কাসি যে কী সর্বনেশে ব্যাপার, তা বোধহয় তোদের বুঝিয়ে বলতে হবে না। তাছাড়া হঠাৎ মনে পড়ে গেল ছেলেবেলায় এক জ্যোতিষী বলেছিল আমার অপঘাতে মৃত্যু হতে পারে। একে বাজ পড়ছে, তায় গাছের উপর বসা। পরিস্থিতিটা মোটেই ভাল লাগল না।

'এবার কুমারকে ইশারা করে জানালাম আমি মাচা থেকে নেমে পড়ছি। আজ আর ম্যানইটারের সঙ্গে মোকাবিলা হবে না, কারণ এই হাঁচি শুনে তিনি আর এ-তল্লাটে আসবেন না।

'নীচে মোষটা জলে ছটফট করছে, আর গলায় বাঁধা ঘন্টা অনবরত টিংটিং করছে। মাচা থেকে নামতে-নামতে মনে হল মেজোকুমারের ভাগ্য ভাল; নরখাদক সংহারের ক্রেডিটটা হয়তো তিনি একাই পাবেন। আমার এখন আশ্রয় নেওয়া ছাড়া গতি নেই; এই বৃষ্টিতে আর ভিজলে নিউমোনিয়া অবধারিত।

'জঙ্গলের দুর্ভেদ্য অন্ধকারে বিদ্যুতের ঝলকানি মাঝে-মাঝে পথ দেখিয়ে দিচ্ছে। আমি টর্চের সাহায্য না নিয়েই এগিয়ে চললাম যেদিকে পাহাড় সেই দিকে। হাতে বন্দুকটা নিয়েছি, কারণ সেটার যে প্রয়োজন হবে না, এমন কোনো গ্যারান্টি নেই।

'পাহাড়ের গায়েও গাছপালা ঝোপঝাড়ের অভাব নেই, তারই মধ্যে দিয়ে হ্যাঁচড়-প্যাঁচড় করে উঠে গিয়ে হঠাৎ সামনে একটা ঘোর অন্ধকার কী যেন এসে পড়ল। বিদ্যুতের আলোতেও যখন সে-অন্ধকার দূর হল না, তখন বুঝলাম সেটা একটা গুহার মুখ। গিয়ে ঢুকলাম ভিতরে। মাথার উপর বারিবর্ষণ দূর হল। বাঁচা গেল। শেলটার পেয়ে গেছি। পকেট থেকে টর্চ বার করে সামনে ফেলে বুঝলাম, গুহার অপর দিকের দেয়াল টর্চের আলোর নাগালের বাইরে। কমপক্ষে পাঁচশো লোক এ-গুহায় আশ্রয় নিতে পারে।

'আলোতেই দেখলাম সামনেই একটা মাঝারি আকারের পাথরের চাঁই। সেটাতে পিঠ দিয়ে বসলাম গুহার মেঝেতে। বাইরে সমানে বৃষ্টি হয়ে চলেছে। বিদ্যুতের আলোতে বুঝতে পারছি পাহাড়ের গা দিয়ে জলের ধারা নেমে এসে গুহার মুখের সামনে একটা ছোটখাটো জলপ্রপাতের সৃষ্টি করেছে। পকেটে সিগারেট দেশলাই ছিল। সেটা এই অবস্থায় ব্যবহারযোগ্য হবে কি না ভাবছি, এমন সময় তড়িৎ-ঝলকানিতে একটা ব্যাপার দেখে চমকে উঠলাম।

'একটি লোক এসে গুহার ভিতর ঢুকল।

‘লোকটির সামান্য খুঁড়িয়ে হাঁটা থেকে বুঝতে পারলাম ইনি মেজোকুমার। তাঁর সাত বছর বয়সে পায়ের পাতার উপর দিয়ে চলে যায় বাপের রোলস রয়েস গাড়ি। সাহেব ডাক্তার মেজর স্টেবিংস-এর অস্ত্রোপচারের ফলে পা সেরে যায় ঠিকই, কিন্তু ডান পায়ের তুলনায় আধ ইঞ্চি ছোট হয়ে যায়। তার ফলেই এই খোঁড়ানো।

‘মেজোকুমারের অন্ধকার দেহ আমার দিকে এগিয়ে এসে আমার পাশেই বসল। একটা বোটকা গন্ধ কিছুক্ষণ থেকে পাচ্ছিলাম, তার সঙ্গে এবার হেনেসি ব্র্যাণ্ডির গন্ধ যোগ হল। তারপর অনুভব করলাম গরম নিশ্বাস পড়ছে আমার মুখের উপর। তারপর মেজোকুমারের কণ্ঠস্বর প্রবেশ করল আমার কানে।

‘“শত্রুর শেষ রাখতে নেই জানো?”

‘বলে কি লোকটা? আমি ওর শত্রু হতে যাব কেন?

‘“তোমাকে যখন আমি দেখে চিনেছি সেই রাতে, তখন তোমারও আমাকে দেখা এবং চিনে ফেলাটা আশ্চর্য নয়।”

‘“কোন্ রাতে?”

‘“সেটা কি বলে দিতে হবে? ইমলিগাছের নীচে দাঁড়িয়ে ছিলে তুমি। দাদা ফিরছিল শ্রীমলের বাড়ি থেকে।”

‘আমার গরম লাগতে শুরু করেছে। ওভারকোটটা খুলে ফেলতে পারলে ভাল হয়। এই মেজোকুমারই তাহলে হত্যাকারী, নারায়ণ শ্রীমল নয়। দাদাকে হটিয়ে নিজে গদিতে বসার লোভ। যেমন আরো অনেক রাজপরিবারেই হয়ে থাকে। কিন্তু আমায় সে চিনল কী করে সে-রাতে?

‘উত্তর এল মেজোকুমারের মুখ থেকেই।

‘“ত্রয়োদশীর চাঁদ উঠেছিল তখন। তোমার চশমার কাঁচ চক্‌চক্ করছিল সেই আলোয়। এত পুরু কাঁচ ও তল্লাটে আর কারুর নেই।”

‘আমি চুপ করে আছি। আমার চোখের পাওয়ার মাইনাস নয়। এই চশমাই আমাকে বিট্রে করল।

‘একটা খুট্ করে শব্দ পেলাম। মেজোকুমারের টোটা-ভরা রাইফেল উঁচিয়ে উঠেছে। ওর ও আমার মধ্যে ব্যবধান দুহাতের। ওই বাঘ-মারা বারো বোরের আগ্নেয়াস্ত্র এই দূরত্ব থেকে আমার উপর প্রয়োগ করলে আমার দেহ শতটুকরো হয়ে ছড়িয়ে পড়বে গুহার চারিদিকে।

‘কিন্তু ওটা কী?

‘এক জোড়া জ্বলন্ত মার্বেল এগিয়ে আসছে আমার দিকে মেজোকুমারের পিছন থেকে। আর তার সঙ্গে সেই বোটকা গন্ধ।

‘“সে ইয়োর প্রেয়ারস, মিস্টার ব্যানার্জি!”

‘বিদ্যুতের আলোতে বন্দুকের ইস্পাতের নল ঝিলিক দিয়ে উঠল।

'আর পরমুহূর্তেই একটা ভারী ধাতব শব্দে বুঝতে পারলাম বন্দুক গুহার মেঝেতে আছড়ে পড়েছে।

'একটা গোঙানির শব্দ ক্রমে দূরে সরে গেল। আর সেই সঙ্গে জ্বলন্ত মার্বেল দুটোও।

'আমি কাঠ হয়ে বসে রইলাম।

'ক্রমে বজ্রবিদ্যুতের তেজ কমে এল, বৃষ্টির শব্দ থেমে এল।

'বোধহয় নার্ভাস স্ট্রেনের দরুন, কিম্বা হয়ত জ্বর ছিল শরীরে, এই ঘটনার কিছুক্ষণ পরেই ঘুমিয়ে পড়ি। যখন ঘুম ভাঙল তখন ভোর হয়ে গেছে। গুহাটা যে কত বড় সেটা এখন বুঝতে পারলাম। আমি যেদিকে বসা, তার বিপরীত দিকে দেয়ালের সামনে পড়ে আছে মেজোকুমারের আধখাওয়া মৃতদেহ। কিন্তু নরখাদকের কোনো চিহ্ন নেই।

'গুহার বাইরে একটা পাথর-খণ্ডের আড়ালে ঘাপটি মেরে বসে রইলাম হাতে বন্দুক নিয়ে। একটা খুঁতখুঁত ভাব ছিল মনে, কারণ এটা জানি যে, বাঘ সুযোগ পেয়েও আমাকে খায়নি—সেটা বাবাজির মলমের জন্যেই হোক বা অন্য যে-কোনো কারণেই হোক। শুধু তাই নয়, আমাকে নিশ্চিত মৃত্যুর হাত থেকে সে রক্ষা করেছে। তবে গ্রামের লোকেরা যে লাঞ্ছিত, সে-কথা তো মিথ্যে নয়; তাই মন থেকে মমতা দূর করে দাঁতে দাঁত চেপে বসে রইলাম।

'আটটা পর্যন্ত বসে থেকেও যখন বাঘের দেখা পেলাম না, তখন অগত্যা ফিরতি পথ ধরলাম। মাচার কী অবস্থা দেখতে হবে গিয়ে। সেখানে চায়ের ফ্লাস্ক, জলের বোতল, বালিশ কম্বল ইত্যাদি অনেক কিছুই রয়েছে।

'জায়গাটা খুঁজে পেতে অসুবিধা হল না। কিন্তু যা দেখলাম তাতে চক্ষু ছানাবড়া।

'মাচা সমেত শিমুল গাছ বজ্রপাতে ঝলসে গেছে, আর তার পাশেই পড়ে আছে মৃত মোষ, আর তার কাঁধে দাঁত-বসানো মৃত নরখাদক। সে এক বিচিত্র ছবি। মানুষের হাতের বন্দুকের চেয়ে হাজার গুণে বেশি শক্তিশালী আগ্নেয়াস্ত্রের শিকার হয়েছে এরা, সেটা আর বলে দিতে হয় না।

'ফেরার পথে বাবাজিকে ধন্যবাদ দিতে গিয়েছিলাম, কিন্তু তাঁর সঙ্গে দেখা হল না। তাঁর পর্ণকুটির ভাসিয়ে নিয়ে গেছে লুঙ্গি নদী গতরাত্রের বৃষ্টিতে। তিনি নিজে নাকি একটি সেগুন গাছে চড়ে রক্ষা পেয়েছিলেন, কিন্তু আপাতত সর্দিজ্বরে কাবু হয়ে এক শিষ্যের বাড়িতে আশ্রয় নিয়েছেন।'

কনওয়ে কাস্‌লের প্রেতাত্মা

তারিণীখুড়ো তাঁর এক্সপোর্ট কোয়ালিটি বিড়িতে দুটো টান দিয়ে বললেন, 'ভূতের গল্প অনেকে বলতে পারে, তবে পার্সোনাল এক্সপিরিয়েন্স থেকে বলা গল্পের জাতই আলাদা। সেটা আর কজন পারে বল।'

'আপনি পারেন ?' প্রশ্ন করল ন্যাপলা।

'হুঁঃ', বলে খুড়ো অন্য দিকে চাইলেন।

তারিণীখুড়োর এক্সপিরিয়েন্সের স্টক যে অফুরন্ত সেটা আমরা জানি। এই সেদিন অবধি সারা দেশময় টোটো করে বেড়িয়েছেন। ভারতবর্ষের তেত্রিশটা শহরে ছাপ্পান্ন রকম কাজ করেছেন উপার্জনের জন্য। তবে এক বছরের বেশি কোনো কাজে টিঁকে থাকেননি—সে ব্যবসাই হোক আর চাকরিই হোক। এখন চৌষট্টি বছর বয়সে চরকিবাজি থামিয়ে কলকাতায় এসে রয়েছেন বেনেটোলা লেনে একটা ফ্ল্যাট নিয়ে। এখানে বলে রাখি, তারিণীখুড়ো সকলেরই খুড়ো। বাবাও খুড়ো বলেন, আমিও বলি। ন্যাপলা একবার ওঁকে দাদু বলেছিল, তাতে খুড়ো মহা ক্ষেপে বললেন, 'এখনো বাস না পেলে অক্লেশে হেঁটে আসি বেনেটোলা টু বালিগঞ্জ—দাদু আবার কি ? খুড়ো বলবি।'

আমি আর পাড়ার পাঁচটি ছেলে মিলে আমাদের দল। আমাদের বাড়িতেই আসেন তারিণীখুড়ো ; এলেই খবর চলে যায়, আর পাঁচজন তুরন্ত চলে আসে খুড়োর গল্পের লোভে। একটা গল্পে পুরো একটা সন্ধে কেটে যায়। খুড়ো বলেন আর্টের খাতিরে খানিকটা রং চড়ানো ছাড়া গল্পগুলো ষোল আনা সত্যি।

'আমি তখন থাকি পুনায়,' বললেন তারিণীখুড়ো।

'পুনে' বলল ন্যাপলা।

একটা গল্পের গন্ধ পাচ্ছি, ন্যাপলা যাতে বারবার ইনটারাপ্ট না করে তাই তার কোমরে একটা চিমটি কেটে দিলাম।

'ওই হল', বললেন তারিণীখুড়ো, 'পুনে-পুনা, মুম্বাই-বোম্বাই,

তিরুচিরপল্লী-ত্রিচিনপলি—যে-কোনো একটা বললেই হল। আর আমি যখনকার কথা বলছি তখন সবে স্বাধীনতা এসেছে ; পুনার পুনে হতে অনেক দেরি। পল্টু একটা চা বলো।'

আমি লক্ষ্মণকে ডেকে চা অর্ডার দিলাম—দুধ-চিনি ছাড়া চা—আর খুড়ো তাঁর গল্প সুরু করলেন।

আমি রয়েছি আমার এক বন্ধু রাধানাথ চাটুজ্যের বাড়ি। সে ফার্গুসন কলেজে ইতিহাসের অধ্যাপক। কোডার্মায় মাইকা মাইনসের কাজে ইস্তফা দিয়ে শিবাজীর দেশে এসেছি একটা হোটেলের ম্যানেজারি নিয়ে। আমার বয়স তখন চৌত্রিশ।

পৌঁছাবার দুদিনের মধ্যেই রাধানাথ নিয়ে গেল উকীল ঘনশ্যাম আপ্‌টের বাড়ি। সেখানে সন্ধ্যায় আড্ডা বসে, পাঁচ মেশালি আড্ডা, যাকে বলে মিক্সড ক্রাউড। আমরা তিনজন ছাড়া আসে মহারাষ্ট্র ব্যাঙ্কের এজেন্ট মিঃ যোশী, ম্যাকডারমট কোম্পানীর উচ্চপদস্থ কর্মচারী মিঃ হরিহরণ, পুলিশ ইন্‌স্পেকটর মিঃ আগাশে আর তরুণ সাংবাদিক আনওয়র কুরেশি।

কুরেশির বয়স আমাদের মধ্যে সব চেয়ে কম, ত্রিশ পৌঁছায়নি। তুখোড় ছেলে, হ্যাণ্ডসাম চেহারা, চোখে জ্বলজ্বলে দৃষ্টি। সে আসে হরিহরণের সঙ্গে দাবা খেলতে। তাঁরা ঘুটি এঘর ওঘর করেন, আর আমরা বাকি পাঁচজনে মারি আড্ডা। সবচেয়ে বেশি কথা বলেন বাড়ির কর্তা আপটে সাহেব নিজে। আমার বিশ্বাস তাঁর কথা বলার প্রয়োজনেই এই আড্ডার সৃষ্টি। কিছু লোক আছে যারা সাঙ্গপাঙ্গ ছাড়া বাঁচতে পারে না। এই সাঙ্গপাঙ্গ যদি তোষামুদে হয় তাহলে ত কথাই নেই। অবিশ্যি আড্ডার সকলে আপ্‌টেকে তোষামোদ করে বললে ভুল হবে, তবে ওঁর মতামতের প্রতিবাদ কেউ করে না।

আগাশের মতো খোশ মেজাজের দারোগা আমি আর দুটি দেখিনি। অবিশ্যি যখন প্রথম আলাপ তখন তিনি একটা ব্যাপারে কিঞ্চিৎ দুশ্চিন্তাগ্রস্ত। সম্প্রতি কিছু টাটকা জালনোট পাওয়া গেছে পুনাতে। জালিয়াত কারা এবং তাদের আস্তানাটা কোথায় তাই নিয়ে পুলিশ দপ্তরে বেশ চাঞ্চল্য পড়ে গেছে। আগাশেকে তাই মাঝে মাঝে অন্যমনস্ক হয়ে পড়তে দেখা যায়।

দলের মধ্যে স্বল্পভাষী হলেন মিঃ যোশী ; তবে শ্রোতা হিসেবে তিনি চমৎকার। সব কথাই উদ্‌গ্রীব হয়ে শোনেন। হাসির কথায় ঘর কাঁপিয়ে অট্টহাস্য করেন, দুঃখের কথায় তাঁর জিভ দিয়ে চুক্ চুক্ শব্দ শুনে আপ্‌টের পোষা ড্যালমেশিয়ন বারান্দা থেকে ল্যাজ নাড়তে নাড়তে যোশীর কাছে চলে এসেছে, এ ঘটনা বহুবার ঘটেছে।

আমার স্টকে হাজার গল্প, বাংলার বাইরে বছরের পর বছর কাটিয়ে ইংরিজিটাও বেশ রপ্ত, তাই আমার একটা বেশ ভালো পোজিশন হয়ে গেল

আপ্‌টের আড্ডায়।

কী প্রসঙ্গে মনে নেই, একদিন কথা উঠল অশরীরী আত্মার। দেখা গেল আপ্‌টে ছাড়া আর সকলেই ভূতে বিশ্বাস করে। আমি আপ্‌টেকে বোঝালুম যে পুরাণ, শেক্‌সপিয়র, ডিকেন্‌স, রবীন্দ্রনাথ, দেশবিদেশের উপকথা, সবেতেই ভূতের উল্লেখ আছে, কাজেই ভূতে বিশ্বাস না করার কোনো কারণ থাকতে পারে না। আপ্‌টে তবু মাথা নাড়ে। সে বিজ্ঞানে বিশ্বাসী, যুক্তিবাদী মন তার, খালি বলে ভূত জিনিসটা ভুয়ো।

হঠাৎ কেন জানি রোখ চেপে গেল, ধাঁ করে হাজার টাকা বাজি ধরে ফেললুম। বললুম দুমাসের মধ্যে ভূত দেখিয়ে দেব তোমায়। আপ্‌টে হেসে উড়িয়ে দিলে। বললে—'সাবধান। হাজার টাকা খোয়া যেতে চলেছে তোমার এটা তোমায় বলে দিলাম।'

অবিশ্যি আমার দিক থেকে ব্যাপারটা অতিমাত্রায় রিস্কি হয়ে গিয়েছিল তাতে সন্দেহ নেই। রাধানাথের কাছে ভৎর্সনাও শুনতে হয়েছিল ; কিন্তু বাজির ব্যাপারে দাবার মতোই চাল ফেরত নেওয়া যায় না। কাজেই ব্যাক-আউট করার কোনো প্রশ্নই ওঠে না।

এরই দিন সাতেক বাদে আমাদের আড্ডায় এলেন প্রোফেসর অটো হেলমার। জার্মানির স্টুটগার্ট শহরের বাসিন্দা। ভদ্রলোক পক্ষিবিদ্‌, ভারতবর্ষে এসেছেন ভারতীয় পাখির ডাক রেকর্ড করতে। টেপ রেকর্ডার জিনিসটা তখন সবে আবিষ্কার হয়েছে, সাহেবের কাছেই প্রথম দেখলুম সেই আশ্চর্য যন্ত্র। আমাদের নানারকম পাখির ডাক শুনিয়ে সাহেব বললেন পুনায় এক জায়গায় তিনি নাকি হুতোম প্যাঁচার ডাক শুনেছেন। সেইটে রেকর্ড করতে পারলেই নাকি তাঁর মনোবাঞ্ছা পূর্ণ হয়। প্যাঁচার ডাকের ভালো রেকর্ডিং তিনি এখনো পাননি।

'কোথায় শুনলে ডাক ?' প্রশ্ন করলেন আপ্‌টে।

তাতে হেলমার সাহেব একটা বাড়ির বর্ণনা দিলেন—দুর্গ প্যাটার্নের প্রাচীন পরিত্যক্ত সাহেব বাড়ি। সেন্ট মেরি গির্জার পুব পাশে। তারই কম্পাউণ্ডে নাকি দু'রাত আগে প্যাঁচাটা ডাকছিল। সাহেব ছিলেন গাড়িতে। সঙ্গে টেপরেকর্ডার। চলন্ত অবস্থাতেই ডাকটা শুনে গাড়ি থামিয়ে নেমে কম্পাউণ্ডের পাঁচিলের ধারে এক ঘন্টা দাঁড়িয়ে থেকেও কোনো ফল হয়নি। প্যাঁচা আর ডাকেনি।

বাড়ির বর্ণনা এবং অবস্থান শুনে আমাদের অনেকেই বললেন যে সেটা কনওয়ে কাস্‌ল। এখানে বলা দরকার যে বৃটিশ আমলে পুনা ছিল সাহেবদের একটা বড় ঘাঁটি। মিলিটারি ত বটেই, সিভিলিয়ানও অনেক থাকতেন পুনা শহরে। তাঁরা অনেকেই রিটায়ার করার পর পুনাতে বাড়ি করে সারাজীবন সেখানেই কাটিয়ে দিতেন। ব্রিগেডিয়র কনওয়ে ছিলেন এই রকম একজন সাহেব। তাঁরই তৈরি বাড়ি এই কনওয়ে কাস্‌ল। কুরেশি বাড়িটা সম্বন্ধে কিছু

তথ্য জানে, সেই বললে। বাড়িটা তৈরি হয় কুইন ভিক্টোরিয়া যে বছর ভারত-সাম্রাজ্ঞী হন সেই বছর। অর্থাৎ ১৮৭৬ খৃষ্টাব্দে। কনওয়ে এই বাড়িতে প্রবেশ করার ছ'মাসের মধ্যে নাকি তাঁর স্ত্রী ও দুটি ছেলে মারা যায়। ছেলেরা অবিশ্যি বাড়িতে মরেনি ; তারা দুজনেই ছিল আর্মিতে, মরেছিল দ্বিতীয় আফগান যুদ্ধে। স্ত্রী মারা যায় যক্ষ্মারোগে। আর তার তিনমাসের মধ্যে কনওয়ে নিজেও মরে। কীভাবে মরে জানা যায়নি। তবে অনেকের ধারণা সে আত্মহত্যা করে।

মোট কথা সেই থেকে এই বাড়ি অভিশপ্ত বাড়ি বলে পরিচিত। কেউ আর সে বাড়িতে থাকেনি। সকলের পক্ষে সম্ভবও হত না, কারণ এত পেল্লায় বাড়ি মেনটেন করা মুখের কথা নয়। আসবাবপত্র যা ছিল সবই নাকি কনওয়ের এক আত্মীয় বিলেত থেকে এসে নিলামে বিক্রী করে দেয়।

রাধানাথ সব শুনে-টুনে বলল, 'কনওয়ে কাস্‌ল সম্বন্ধে একটা ঘটনা শুনেছি সেটা স্বদেশী আন্দোলনের সঙ্গে যুক্ত।'

'কোন্ স্বদেশী আন্দোলন ?' প্রশ্ন করলেন আপ্‌টে।

'বালগঙ্গাধর তিলকের সময়কার', বললে রাধানাথ। 'ঊনবিংশ শতাব্দীর একেবারে শেষের দিকে। মেজর লেথব্রিজ বলে এক সাহেবকে হত্যা করার চেষ্টা করেছিল এক সন্ত্রাসবাদী দল। তারা নাকি ওই কাস্‌লে তাদের গুপ্ত ডেরা করেছিল। পরে আত্মসমর্পণ করে। তবে তাদের লীডার আচরেকরকে নাকি ধরা যায়নি। সে বেপাত্তা হয়ে যায়।'

'কনওয়ে কাস্‌লে খোঁজ করা হয়েছিল কি ?' আপ্‌টে প্রশ্ন করলেন।

আগাশে হো হো করে হেসে উঠলেন।

'মিঃ আপ্‌টে—পুলিশও মানুষ। তাদেরও ভূতের ভয় আছে। ওই অভিশপ্ত বাড়ি রেড করতে গেলে রীতিমতো হিম্মৎ লাগে।'

এদিকে আমার কৌতূহল চাগিয়ে উঠেছে। ছেলেবেলা থেকেই ডানপিটেমোর শখ। সেটা চৌত্রিশ বছরেও পুরোপুরি বজায় আছে। পর পর অতগুলো মৃত্যু যেখানে ঘটেছে, সেই বাড়ির ভেতরে দু-একটা প্রেতাত্মা বসবাস করবে না কি ? বাজি জেতার পক্ষে এ যে একটা বড় সুযোগ !

এর কিছুদিন পরেই হেলমার সাহেব আবার এলেন আড্ডায় তাঁর টেলিফুংকেন টেপ রেকর্ডার নিয়ে। ভদ্রলোকের বাঁ কব্জিতে ব্যাণ্ডেজ। বললেন কাঁটা ঝোপে হাত কেটে গেছে। মুখের ভাব দেখে বোঝা যাচ্ছে না সুখবর না দুঃসংবাদ। তাঁকে বসতে দিয়ে সকলেই তাঁর দিকে জিজ্ঞাসু দৃষ্টি দিলুম। হুতোমের ডাক শোনা যাবে কি ?

হেলমার কপালের ঘাম মুছে বললেন, 'ডাক তুলতে পেরেছি, তবে পারফেক্ট হল না। রাত বারোটার পর প্যাঁচাটা ডাকল, সঙ্গে সঙ্গে মেশিন চালু করলাম। তখন শহরের অন্য শব্দ প্রায় নেই বললেই চলে। নিয়মমতো নিখুঁৎ রেকর্ডিং

হবার কথা, কিন্তু দেখ কী হয়েছে।'

শুনলাম প্যাঁচার ডাক। ছেলেবেলা আমাদের বাদুড়বাগানের বাড়ির পাঁচিলের ওপারে পুকুরের ধারে শ্যাওড়া গাছে একটা হুতোম প্যাঁচা থাকত, তাই তার ডাক চেনা ছিল। ইনিও যে হুতোম তাতে কোনো ভুল নেই। কিন্তু ডাকের সঙ্গে সঙ্গে আরেকটা শব্দ তাকে সত্যিই বড্ড ডিস্টার্ব করছে। সাহেবের এত মেহনৎ ষোল আনা সার্থক হল না জেনে তাঁর প্রতি মমতা হল।

'বাট হোয়াট ইজ দ্যাট আদার সাউণ্ড ?' প্রশ্ন করল কুরেশি। সে দাবা ছেড়ে এগিয়ে এসেছে।

'সেটাই ত বুঝতে পারছিনা,' বললেন হেলমার। 'মেশিনেই গণ্ডগোল বলে মনে হচ্ছে। এর আগে ত এ রকম হয়নি কখনো।'

শুনলে মনে হয় একটা যান্ত্রিক শব্দ। ঘটাং ঘটাং ঘটাং ঘটাং এই রকম। খুবই ক্ষীণ, কিন্তু জার্মান পক্ষিবিদ্-এর মন যে তাতে খুঁৎ খুঁৎ করবে তাতে আশ্চর্যের কিছু নেই।

'প্লে দ্যাট এগেন প্লীজ !' হঠাৎ বলে উঠলেন ইন্স্পেক্টর আগাশে। তাঁর শরীরটা টান, আর চোখে এক অদ্ভুত তীক্ষ্ণ দৃষ্টি—শিকারের গন্ধ পেলে যেমন হয় হিংস্র জানোয়ারের।

হেলমার টেপটা ব্যাক করে আবার চালালেন। আগাশে কোমর থেকে শরীরটা ভাঁজ করে কানটা নিয়ে গেছেন একেবারে স্পীকারের সামনে।

ততক্ষণে অবিশ্যি আমিও বুঝে গেছি আগাশে কী ভাবছেন।

শব্দটা শুনে প্রিন্টিং মেশিনের কথা মনে হয়। ছোট, পায়ে-চালানোর কল। যাকে বলে ট্রেড্‌ল মেশিন।

এইরকম যন্ত্রই সাধারণত ব্যবহার হয়ে থাকে নোট জাল করার কাজে।

শব্দটা কাস্‌লের ভিতর থেকেই আসছে না অন্য কোথাও থেকে আসছে সেটা অবিশ্যি বোঝার কোনো উপায় ছিল না। কিন্তু তাও আগাশে স্থির করলেন যে কনওয়ে কাস্‌লে পুলিশের রেড হবে। আগাশের হুম্‌কিতে নাকি কিছু কন্স্টেবল রাজি হয়েছে অভিশপ্ত দুর্গে প্রবেশ করতে। এমনি খোশমেজাজ হলে কী হবে, অফিসার হিসেবে নাকি ভদ্রলোক অত্যন্ত কড়া।

আমি কিঞ্চিৎ নিরাশ বোধ করছি। জালিয়াতরা যেখানে আস্তানা গেড়েছে সেখানে ভূত থাকার কোনো সম্ভাবনা আছে কি ? মনে ত হয় না।

পরদিনই রাত্তিরে রেড, আড্ডার সকলে ফলাফলের জন্য উদ্‌গ্রীব, এমন সময় ইন্স্পেক্টর সাহেব এসে হাজির।

'সেকি, তোমাদের ত আজই রেড হবার কথা !'

আমাদের হয়ে আপ্‌টেই বিস্ময় প্রকাশ করলেন।

আগাশে একটা বোকা হাসি হেসে মাথা নেড়ে সোফায় বসে পড়লেন।

‘ভাবতে পার ? আজ বিকেল সাড়ে পাঁচটায় সে গ্যাং ধরা পড়েছে।’

‘কোথায় ?’ আমরা সমস্বরে জিগ্যেস করে উঠলাম।

‘নাসিক’, বললেন আগাশে।

‘তাহলে ওই শব্দটা... ?’

‘টেপরেকর্ডারেই কোনো গণ্ডগোল হবে। ওটা বাইরের কোনো শব্দ না। কাল মাঝ রাত্তিরে আমি কাস্‌লের আশেপাশে ঘোরাঘুরি করে কোনো শব্দ পাইনি।’

আর কিছু বলার নেই। সমস্ত ব্যাপারটার মধ্যে একটা বেলুন চুপসোনো ভাব, অথচ তার কোনো কারণ নেই। জালিয়াতের দল ধরা পড়েছে এ তো ভালো কথা ; শুধু পুনার কনওয়ে কাস্‌লে ধরা না পড়ে পড়েছে অন্য শহরের অন্য জায়গায়। কিন্তু তাও বলতে হবে যা ঘটেছে তার মধ্যে যেন নাটকের অভাব।

অবিশ্যি পরমুহূর্তেই মনে হল—জালিয়াত যখন নেই, তখন ভূত থাকতে বাধা কী ? কনওয়ে কাস্‌লে একবার হানা দিলে দোষ কী ?

চা-টা শেষ করে আমিই কথাটা পেড়ে বসলাম, ‘কে কে যেতে রাজি আছ বল।’

যোশী গোড়াতেই বললে তার ধুলোয় অ্যালার্জি, তাই ওই পোড়ো বাড়িতে যাওয়া সম্ভব নয়। হরিহরণ বললেন, ‘আমি যাবো, কিন্তু আপ্‌টে সাহেবেরও যাওয়া চাই। ভূত যদি থাকে ত সেটা ওঁর চাক্ষুষ দেখা উচিত। আমাদের কথা উনি মানতে নাও পারেন।’

আপ্‌টে বললেন, ‘ঠিক আছে, আমি যাব। এবং আমি সঙ্গে ক্যাশ হাজার টাকা নিয়ে যাব। আমার কণ্ডিশন হল যে মিঃ ব্যানার্জিও যেন সঙ্গে টাকা রাখেন। বাজির টাকা ফেলে রাখা নিয়মবিরুদ্ধ।’

আমি বললুম, ‘তথাস্তু। তাহলে কালই হোক এক্সপিডিশন।’

এইখেনে কুরেশি বললে তাকে নাকি দুদিনের জন্য কোলাপুর যেতে হবে একটা রিপোর্টিং-এর ব্যাপারে ; ফিরে এসে সে যেতে প্রস্তুত আছে। আমরাও তাতে রাজি হয়ে গেলুম।

আগাশে এতক্ষণ চুপ করে আমাদের কথা শুনছিলেন ; এবার তিনি মুখ খুললেন।

‘জেন্‌টলমেন, তোমাদের একটা প্রশ্ন করতে চাই। কাস্‌লের সদর দরজা যদি তালা দিয়ে বন্ধ থাকে, তাহলে সেটা খোলার যন্ত্র, বা জানালা ভেঙে খোলার সরঞ্জাম—এসব তোমাদের আছে কি ? কাজটি কিন্তু সহজ নয়।’

এ প্রশ্নের জবাব অবিশ্যি হ্যাঁ হতে পারে না। আমাদের যেটা আছে সেটা হল উৎসাহ আর উদ্যম। যন্ত্রপাতি থাকবে কোত্থেকে ?

আমরা এ-ওর মুখ চাওয়াচাওয়ি করছি দেখে আগাশে একটু হেসে বললেন,

'কাজেই বুঝতেই পারছ, আমি ছাড়া তোমাদের গতি নেই।'
ভালোই হল। শুধু জানালা দরজা ভেঙে খোলার সরঞ্জাম নয়, একটি আগ্নেয়াস্ত্রও থাকবে সঙ্গে এটাও কম ভরসা নয়।

জুন মাস, দিনে বেজায় গরম, রাত্তিরের দিকটা তবু একটু ঝিরঝির হাওয়া দেয়। বন্দোবস্ত অনুযায়ী খাওয়া-দাওয়া সেরে ঠিক সাড়ে এগারোটার সময় আমরা ছ'জন সেন্ট মেরি গির্জার সামনে জমায়েত হলাম। পাড়াটা নির্জন, গাড়ি চলাচল নেই বললেই চলে। আমরা দল বেঁধে এগোলাম কনওয়ে কাস্‌লের দিকে।

ফটক থেকে কাস্‌লের দরজা অবধি লম্বা রাস্তা। এককালে বাহার ছিল রাস্তাটার সেটা আঁচ করা যায়, এখন পথ বলতে প্রায় কিছুই নেই, টর্চের আলোয় কোনোরকমে আগাছা বাঁচিয়ে পা ফেলতে হয়। বাড়িটা আমাদের সামনে অনেকখানি জায়গা জুড়ে এক বিশাল প্রেতপুরীর মতো দাঁড়িয়ে আছে, কেউ যে কস্মিনকালেও সেখানে ছিল সেটা এখন আর বিশ্বাস হয় না। দলে আছি বলে রক্ষে, নাহলে যতই ডানপিটে হই না কেন, আশি বছরের মধ্যে মানুষের পা পড়েনি এমন একটা থম্‌থমে অন্ধকার অট্টালিকার সামনে দাঁড়িয়ে বুকের মধ্যে যে একটা ট্রেড্‌ল মেশিন চলতে সুরু করেছে, সেটা ত অস্বীকার করা যায় না।

আগাশে সদর দরজায় ঠেলা দিতেই সেটা একটা জান্তব আর্তনাদ করে ধীরে ধীরে খুলে গেল, আর সেই সঙ্গে ইঁদুর বাদুড় পায়রা চামচিকে গিরগিটি ছুঁচো মেশানো একটা গন্ধর ধাক্কায় আমরা সকলেই বেশ কয়েক হাত পিছিয়ে গেলুম।

তারপর দুরু দুরু বক্ষে সবাই মিলে ঢুকলুম ভেতরে। এটা ল্যাণ্ডিং, বাঁ দিকে চওড়া কাঠের সিঁড়ি উঠে গেছে দোতলায়। আগে একতলা সেরে তারপর দোতলায় যাব এটাই আমার ইচ্ছে ছিল, দেখলাম সকলেই তাতে সায় দিলে। আমরা সার বেঁধে গিয়ে ঢুকলুম একটা বিশাল ঘরে। সম্ভবত ডাইনিং রুম ছিল এটা। সারা ঘরে একটিও আসবাব নেই ঠিকই, কিন্তু দেয়ালে ধূলিমলিন ওয়ল পেপারের উপর বড় বড় ছবির ফ্রেমের দাগ রয়েছে, খান তিনেক দেয়ালবাতির মর্চে ধরা ব্রাকেট রয়েছে, আর সীলিং থেকে ঝুলে আছে ঝাড়-লণ্ঠন আর টানাপাখার হুক। এটার কড়িকাঠেই বাদুড় ঝোলার কথা, তবে তারা বোধহয় রাত্তিরে খাদ্যের সন্ধানে বেরিয়েছে। এত বড় বাড়ির এতগুলো জানালার মধ্যে কয়েকটা কি আর খোলা নেই ? বাদুড় না থাকলেও, ছোটখাটো চতুষ্পদ প্রাণী যে কিছু রয়েছে সেটা মেঝের এদিক ওদিক থেকে সড়াৎ সড়াৎ শব্দেই বুঝতে পারছি।

এতক্ষণ সবাই একটা জমাট দল বেঁধে চলাফেরা করছিলুম, বড় ঘর পেয়ে সেটা কিছুটা আলগা হল। কুরেশি দেখলুম একাই একটা টর্চ নিয়ে হল ঘরের

পাশের একটা দরজা দিয়ে বেরিয়ে গেল। আপ্‌টেও খানিকটা এগিয়ে গেছে আমাদের ছেড়ে, তারও নিজস্ব একটি টর্চ আছে। ভূত এখনো চোখে পড়েনি ঠিকই, কিন্তু এর চেয়ে ভালো ভৌতিক পরিবেশ আর কি হতে পারে আমি জানি না।

হলঘরের একটা দরজা দিয়ে ডাইনে ঘুরে একটা প্যাসেজ পড়ল। সেটার ডাইনে বাঁয়ে দুদিকেই ঘরের সারি। আগাশে তার পাঁচ-সেলের টর্চ জ্বেলে এগিয়ে চলল প্যাসেজ ধরে। আমরা তার পিছনে। ঘর পড়লে দরজা দিয়ে আলো ফেলে একবার চোখ বুলিয়ে নিচ্ছি।

এইভাবে পাঁচখানা ঘর দেখার পর একটা ঘটনা ঘটল যেটা ভাবতে এখনো গায়ের লোম খাড়া হয়ে ওঠে।

একটা গোঙানির শব্দের সঙ্গে সঙ্গে প্যাসেজের শেষ প্রান্তে বাঁয়ের একটা দরজা থেকে পিছন ফিরে টলতে টলতে বেরিয়ে এল কুরেশি। তার মুখ দেখতে না পেলেও, আতঙ্কের ছাপ রয়েছে সর্বাঙ্গে সেটা বুঝতে পারছি। ঘাড় কুঁজো, হাত দুটো পিছনে এবং কনুইএর কাছে ভাঙা, হাতের আঙুলগুলো ফাঁক।

আগাশের সঙ্গে আমরাও দৌড়ে গেলাম কুরেশির দিকে। আপ্‌টেও এখন আমাদেরই সঙ্গে রয়েছে।

'কী হল ? কী ব্যাপার ?' আগাশে ব্যস্তভাবে প্রশ্ন করলে।

কুরেশি কাঁপা হাত দিয়ে খোলা দরজার দিকে দেখিয়ে দিলে।

ঘরের ভিতর আলকাত্‌রা অন্ধকার। আগাশে তার টর্চটা ফেলতে প্রথমে বিপরীত দিকের দেয়াল ছাড়া আর কিছুই দেখা গেল না। তারপর টর্চটা একটু তুলতেই যা দেখলুম তাতে শরীরের রক্ত হিম হয়ে গেল।

সীলিং থেকে ঝুলছে দড়ি, আর সেই দড়ি ফাঁস দিয়ে বাঁধা একটি আস্তো নরকঙ্কালের গলায়।

ধন্যি ইন্‌সপেক্টর আগাশে। এই চরম আতঙ্কের মুহূর্তেও সে দিব্যি ঠাণ্ডা গলায় বললে, 'ইনিই সেই স্বদেশী গ্যাঙের লীডার আচরেকর বলে মনে হচ্ছে। এই কারণেই বেপাত্তা হয়ে গেছিলেন ভদ্রলোক।'

'বাট এ স্কেলিটন ইজ নট এ গোস্ট।'

ঠিকই বলেছেন মিঃ আপ্‌টে। এবং তিনিও যেমন দিব্যি স্বাভাবিক ভাবে বললেন কথাটা, তাতে তাঁর নার্ভের তারিফ না করে পারা যায় না।

'সরি' বললেন কুরেশি, 'হঠাৎ সামনে কঙ্কালটা দেখে একটু বেসামাল হয়ে পড়েছিলাম।'

'কিন্তু ওটা কী ?'

প্রশ্নটা করলেন আগাশে। তাঁর টর্চের আলো এখন সীলিং থেকে নিচের দিকে নেমেছে।

ঘরের কোণে ধুলো আর মাকড়সার জালে মুড়ি দেওয়া কিসের জানি একটা স্তূপ।

আলোটা ভালো করে ধরতে বুঝতে পারলুম জিনিসটা কী, আর পেরে একেবারে তাজ্জব বনে গেলুম।

এ যে দেখছি একটা ট্রেডল মেশিন! এখানে ছাপার যন্ত্র কী করছে?

আগাশে ব্যাপারটার একটু খুব সহজ এক্সপ্ল্যানেশন দিয়ে দিলেন। বললেন, 'এটা যদি সন্ত্রাসবাদীদের ঘাঁটি হয়ে থাকে তাহলে ছাপার কল থাকা অস্বাভাবিক নয়। এক নম্বর—তাদের মুখপত্র লুকিয়ে ছাপবার জন্যে কলের দরকার হত; দুই—সন্ত্রাসবাদীরা টাকার প্রয়োজনে নোট জাল করেছে এও অনেক শোনা গেছে।'

রাধানাথ এ কথায় সায় দিল।

মাথার উপর ঝুলন্ত কঙ্কাল আর তার নিচে নির্জীব যন্ত্রটা অদ্ভুত ভাবে যেন এক অতীত যুগের সাক্ষ্য দিচ্ছে।

'আরো অনুসন্ধানের প্রয়োজন আছে কি?' প্রশ্ন করলেন মিঃ আপ্‌টে।

আমরা সকলেই বললাম যে যখন এসেছি তখন সারা বাড়িটা না দেখে ফিরব না। আমিই অবিশ্যি কথাটায় সবচেয়ে বেশি জোর দিলাম। কঙ্কাল হল মৃতব্যক্তির দেহের পরিণাম। তার আত্মা কী অবস্থায় আছে তা কে বলতে পারে?

প্যাসেজ দিয়ে যখন উল্টোমুখে অর্ধেক পথ এসেছি তখন শুনতে পেলাম সেন্ট মেরি চার্চের ঘড়িতে ঢং ঢং করে বারোটা বাজল। ঘন্টার রেশ মিলিয়ে যাবার সঙ্গে সঙ্গে আরেকটা শব্দ সুরু হল যেটা আমাদের হাঁটা বন্ধ করে দিল।

যে ঘর থেকে এলাম, সে ঘর থেকেই আসছে শব্দটা।

ট্রেড্‌ল মেশিন চলতে শুরু করেছে, আর তার শব্দে সারা কনওয়ে কাস্‌ল গম্ গম্ করছে। সেই সঙ্গে মাথার উপর ডানার ঝটপটানি সুরু হয়েছে, কারণ ঘুলঘুলির বাসিন্দা পায়রাগুলোর ঘুম ভেঙে গেছে প্রেসের শব্দে।

আমরা ছ'জনে রুদ্ধশ্বাসে শব্দটা শুনছি। দ্বিতীয়বার ওই ঘরের দিকে যাবার কোনো মানে নেই, কারণ জানি সে ঘরে যন্ত্র চালানোর মতো কোনো লোক নেই। হয়ত ওই আচরেকরই এককালে যন্ত্রটা চালিয়েছে। তারপর এক সময়ে বৃটিশ পুলিশের হাতে লাঞ্ছনা এড়াবার জন্য গলায় দড়ি দিয়ে মরেছে। আর সেই থেকে প্রতিদিন মাঝরাত্তিরে তার প্রেতাত্মা ওই ট্রেডল মেশিন চালিয়ে এসেছে। তার মানে হেলমারের রেকর্ডারে যে শব্দটা উঠেছিল সেটা এটারই শব্দ।

কনওয়ে কাস্‌লের বাইরে বেরোবার পর বেশ কিছুক্ষণ কারুর মুখে কথা নেই। হরিহরণ অসুস্থ বোধ করছে, সে গিয়ে তার গাড়িতে উঠে পড়ল। কথা ছিল আপ্‌টে তার গাড়িতে আমাদের বাড়ি পৌঁছে দেবে। তার ডজ সিডানে

ওঠার আগে সে আমার হাতে একটা খাম ধরিয়ে দিয়ে বলল, 'টেন হানড্রেড-রুপী নোট্‌স—গুনে নাও।'

আমার তখন রীতিমতো অসোয়াস্তি লাগছে। তবে এ তো আর এলেবেলে খেলা নয়—এ বেট ইজ এ বেট।

খাম থেকে নোটের গোছাটা বার করে রাস্তার আলোতে একবার দেখে নিলুম। দশখানাই আছে।

তিনদিন পরে এক শনিবারের সন্ধ্যায় নেপিয়ার হোটেলে ডিনার হল। আমিই খাওয়ালুম। তখনকার সস্তাগণ্ডার দিনে সাত জনের বিল হল একশো নব্বই টাকা। আজ হলে বড় হোটেলে সাত জনের ফাইভ-কোর্স ডিনার হাজার টাকায় হত কিনা সন্দেহ।'

গল্প শুনে ন্যাপলা বলল, 'তাহলে খুব দাঁও মারলেন বলুন।'

খুড়ো উত্তর দিতে একটু সময় নিলেন, কারণ সদ্য আনা তৃতীয় কাপ চা-য়ে গলা ভেজানো আছে, তারপর বিড়ি ধরানো আছে।

'তা বটে,' অবশেষে বললেন খুড়ো, 'তবে ঘটনার শেষ এখানেই নয়।'

'আরো আছে?' আমরা সকলেই প্রশ্ন করলাম। এর পরে আর কী থাকতে পারে সেটা ভেবে পাচ্ছিলাম না।

তারিণীখুড়ো বলে চললেন—

ঘটনার কদিন পরে এক সকালে আমাদের বাড়িতে এসে হাজির হলো আমাদের আড্ডার সাংবাদিক আনওয়র কুরেশি। বললে, 'আমার গাড়ি আছে, তোমাদের একটা জায়গায় নিয়ে যেতে চাই। বিশ মিনিট স্পেয়ার করতে পারবে?'

কৌতূহল হল। রাধানাথ আর আমি গিয়ে উঠলুম তার গাড়িতে। কুরেশি নিজেই ড্রাইভ করে। কিছুদূর যেতেই বুঝলাম গাড়ি চলেছে আবার সেই কনওয়ে কাস্‌লের দিকে। কেন যাচ্ছে সে কথা বললে না ছোক্‌রা, খালি বললে এ কদিনে সে নাকি আরো তথ্য আবিষ্কার করেছে কনওয়ে সাহেব সম্বন্ধে।

একটি খবর নাকি বিলিতি কাগজে ছাপেনি, দিশি কাগজে পেয়েছে সেটা কুরেশি। ব্রিগেডিয়ার কনওয়ে তাঁর এক পাংখাবরদারকে বুট দিয়ে লাথিয়ে মেরে ফেলেছিলেন। তাতে রাধানাথ বললে সেটা নাকি সে-যুগের একটা স্বাভাবিক ঘটনা। গরমকালে মাঝরাত্তিরে পাংখাবরদার পাখা টানতে টানতে ঘুমিয়ে পড়ত। মশার কামড়ে ঘুম ভেঙে যেত সাহেবের। আর তখন রাগে দিক্‌বিদিক্‌জ্ঞান হারিয়ে এমন প্রহার করত ভৃত্যকে যে সে বেচারা অনেক সময় মরেই যেত।

মিনিট পাঁচেকের মধ্যেই গাড়ি গিয়ে থামল কনওয়ে কাস্‌লের গেটের সামনে।

কুরেশির পিছন পিছন আমরা গিয়ে ঢুকলাম কাস্‌লের ভেতর। দিনের বেলাও রীতিমতো অন্ধকার, ঢুকলে গা ছম্‌ছম্‌ করে।

'আমরা কি আবার সেই ঘরেই যাচ্ছি?'

রাধানাথের এ প্রশ্নের কোনো জবাব দিলে না কুরেশি। তবে তার লক্ষ্য যে ওই একই ঘরের দিকে তাতে কোনো সন্দেহ নেই। কী দেখব কে জানে। শিরার মধ্যে একটা চাঞ্চল্য অনুভব করছিলুম। কুরেশি ছোক্‌রা নির্বিকার।

আর তা হবে নাই বা কেন। সে ঘর যে খালি! দড়ি কঙ্কাল, ছাপার যন্ত্র, সব হাওয়া!

আমাদের হতভম্ব ভাব দেখে কুরেশি হো হো করে হেসে উঠলে। তারপর এক অদ্ভুত প্রশ্ন করলে।

'আপ্‌টের বাড়িতে চা ছাড়া কিছু খেয়েছ কখনো?'

প্রশ্নটা অপ্রত্যাশিত হলেও বললুম, 'কই, না ত!'

'ওই ত!' বললে কুরেশি। 'লোকটা হাড় কঞ্জুশ। তাছাড়া ওর আত্মম্ভরি ভাবটাও মাঝে মাঝে ইরিটেট করে আমাকে। তুমি বাজিটা ফেলে মোটেই বুদ্ধিমানের কাজ করনি। তোমার নির্ঘাৎ হাজার টাকা খসত। তাই ভাবলাম কনওয়ে কাস্‌লে যদি ভূতের ব্যবস্থা করতে পারি তাহলে তোমারও লাভ, উনিও জব্দ। তাই দুদিন সময় চেয়ে নিয়েছিলাম। কঙ্কালটা আমার বন্ধু আর্টিস্ট কুলকার্নির বাড়ি থেকে আনা। ট্রেড্‌ল মেশিনটা শিবাজী জব প্রেসের। প্রোপ্রাইটার মধুকর ঢোন্‌ঢির ছেলে আমার সঙ্গে ইস্কুলে পড়ত। ওটার জন্যে কিছু দক্ষিণা লাগবে; আর ওদেরই আপিসের এক ছোকরা অন্ধকারে ঘাপটি মেরে ছিল; সে-ই কলটা চালায়। বেচারা অনেক মশার কামড় খেয়েছে। তাকে কিছু বকশিস দিয়েছি—'

আমি আর কথা বলতে দিলুম না কুরেশিকে। এক হিসেবে পুরো টাকাটাই ওর প্রাপ্য, কিন্তু পাঁচশোর বেশি কিছুতেই নিতে রাজি হল না।

প্যাসেজ থেকে বেরিয়ে যখন ল্যাণ্ডিং-এ এসেছি, তখন কুরেশি বললে, 'একবার দোতলায় যাবে নাকি? দেখবার জিনিস আছে কিন্তু। এলেই যখন...'

কাঠের সিঁড়ি দিয়ে যুদ্ধের দামামার মতো শব্দ তুলে তিনজনে ওপরে হাজির হলুম। ল্যাণ্ডিং পেরিয়ে বৈঠকখানা। একটা শন্‌ শন্‌ মচ্‌ মচ্‌ শব্দ পাচ্ছিলুম, কিন্তু সেটা যে কী সেটা বুঝতে পারছিলুম না।

বৈঠকখানায় ঢুকে প্রচণ্ড চমক।

এ ঘর যে একেবারে আসবাবে ঠাসা! ভিক্টোরিয় যুগের সোফা, টেবিল, আয়না, মার্বেলের মূর্তি, দেয়ালের বাতি, কার্পেট, ঝাড়লণ্ঠন—কোনোটাই বাদ

নেই। মনে হয় ঠিক যেমন ছিল তেমনিই আছে, তবে সব কিছুরই উপর আশি বছরের ধুলো জমে সেগুলোর আসল চেহারা বেমালুম ঢেকে দিয়েছে।

কিন্তু মোক্ষম চমকটা ঘরের মেঝে বা দেয়ালে নয়, সেটা হল সীলিং-এ।

সীলিং-এ দুলছে একটি বিশাল শতছিন্ন টানা পাখা, যার হাওয়া এই জুন মাসের ঘাম ছুটোনো গরমে আমাদের প্রাণ জুড়িয়ে দিচ্ছে।

কিন্তু এই পাখা টানছে কে ? আর টানছে কী ভাবে ? কারণ পাখার কোনো দড়ি নেই।

অর্থাৎ সেটাকে টানার কোনো উপায় নেই।

'ভূতের উৎপাত বলে এ ঘরে কেউ প্রবেশ করেনি,' বললে কুরেশি। 'তাই জিনিসগুলোও নিলাম হয়নি। আমি ঘরটা আবিষ্কার করি ভূতের সব ব্যবস্থা করার পর। তারপর ভেবে মনে হল কঙ্কাল আর ট্রেড্ল মেশিনে ব্যাপারটা আরো জমবে।'

অবাক বিস্ময়ে বেশ কিছুক্ষণ চেয়ে রইলুম অশরীরী পাংখাবরদারের অদৃশ্য হাতে টানা পাখার দিকে। ভূত বলেই তার ক্লান্তি নেই ঘুম নেই, সাহেবের লাথিতে মৃত্যু নেই।

আমরা যখন সিঁড়ি দিয়ে নামছি তখনও বেশ কিছুক্ষণ ধরে শুনতে পেলুম ওই টানাপাখার শব্দ।

কঙ্কাল আর ছাপার কলের ব্যাপারটা কুরেশির কারসাজি জেনে মনে একটা খচখচে গিল্টি ভাব জেগে উঠেছিল ; এখন বুঝতে পারলুম দিব্যি নিশ্চিন্ত লাগছে।

শেঠ গঙ্গারামের ধনদৌলত

'আমার এখন যে চেহারা দেখছিস,' বললেন তারিণীখুড়ো, 'তা থেকে আমার ইয়াং বয়সের চেহারা তোরা কল্পনাই করতে পারবি না।'

'কিরকম চেহারা ছিল আপনার, খুড়ো ?' জিগ্যেস করল ন্যাপলা, 'ধর্মেন্দরের মতো ?'

'য্যা য্যাঃ !' বললেন খুড়ো, 'ওরকম নাসপাতিমার্কা চেহারা নয়। টক্‌টকে রং, ব্যায়াম করা পাকানো শরীর, জামা খুললে প্রত্যেকটি মাস্‌ল আঙুল দিয়ে দেখানো যায়—অ্যানাটমির চার্টের দরকার হয় না।—আর ফিল্ম স্টারের কথা কী বলছিস ? কত অফার পেয়েছে জানিস খুড়ো হিরো হবার জন্যে ?'

'ইস্—আর আপনি নিলেন না ?' বলল ন্যাপলা। 'অবিশ্যি তখন ত বোধহয় সাইলেন্ট ছবি, তাই না ?'

'কে বললে সাইলেন্ট ? আমি বলছি স্বাধীনতার কয়েক বছর আগের কথা। সাইলেন্ট ছবি ত ফুরিয়ে গেছে ত্রিশ সনের কিছু পরেই।'

'আপনি রিফিউজ করলেন ?'

'আলবৎ ! একবার একটা ছবিতে করতে হয়েছিল, তবে সেটা অন্য গল্প, আরেকদিন বলব। আসলে ফিল্মের হিরো হবার শখ আমার ছিল না। আমি চেয়েছিলাম আমার গোটা জীবনটাই হবে একটা সিনেমার গপ্‌পো। একটা খাঁটি নির্ভেজাল অ্যাডভেঞ্চার। অথবা বলতে পারিস একটা সিরিজ অফ অ্যাডভেঞ্চার্স। রং মেখে ক্যামেরার সামনে দাঁড়াব, ডিরেক্টরমশাই ডুগডুগি বাজাবেন, আর আমি নাচব—এ-শর্মা সে-শর্মা নয়।'

'আজ কোন অ্যাডভেঞ্চারের বিষয় বলবেন, মিস্টার শর্মা ?' জিগ্যেস করল ন্যাপলা। খুড়োকে এ ধরনের কথা বলার সাহস একমাত্র ন্যাপলারই আছে, তবে সেটা খুড়ো বিশেষ মাইন্ড করেন বলে মনে হয় না। বাইরে একটা খিটখিটে ভাব দেখালেও আসলে ওঁর মনটা নরম এটা জানতাম। বেনেটোলা থেকে বালিগঞ্জে

আসেন যে শুধু আমাদের গল্প শোনাবার জন্যই এটা ত মিথ্যে নয়।

দুধ-চিনি ছাড়া চায়ে পর পর দুটো চুমুক দিয়ে খুড়ো বললেন, 'নাইনটিন ফর্টি-ফোরে আজমীর। তখন আমার বয়স আটাশ।'

আমরা পাঁচজন—আমি, ভুলু, চটপটি, সুনন্দ আর ন্যাপলা—গল্পের জন্য রেডি হয়ে বসলাম। চা শেষ করে একটা একসপোর্ট কোয়ালিটি বিড়ি ধরিয়ে খুড়ো আরম্ভ করলেন।

আগ্রায় একটা ব্যাঙ্কের চাকরিতে ইস্তফা দিয়ে কোথায় যাওয়া যায় তাই ভাবছি, এমন সময় হঠাৎ মনে পড়ে গেল ধরণীকাকার কথা। আমার বাবার মাস্‌তুতো ভাই। তিনি জয়পুরে হোমিওপ্যাথি করে বেশ পসার জমিয়ে বসেছেন। রাজস্থানটা দেখা হয়নি, অথচ ছেলেবেলা থেকেই ও-দেশটার উপর একটা আকর্ষণ রয়েছে। মনে হয় ভারতবর্ষে ওটাই হল সত্যিকারের রোম্যান্স ও অ্যাডভেঞ্চারের ঘাঁটি। চলে গেলুম কাকার কাছে।

আমি বেকার জেনে কাকার ভুরু কুঁচকে গেল। বললেন, 'তোর মতো একজন জোয়ান ছেলে ফ্যা ফ্যা করে ঘুরে বেড়াচ্ছে এটা আমি বরদাস্ত করতে পারি না। আজমীর যাবি ?' বললুম, 'কী আছে সেখানে ?' কাকা বললেন, 'শেঠ গঙ্গারাম আমার পেশেন্ট। পেটের আলসারে ভুগত, আমার ওষুধে চাঙ্গা হয়ে উঠেছেন। তার একজন ইংরিজি জানা সেক্রেটারি দরকার। তোর ত ইংরিজিতে অনার্স ছিল। যদি চাস ত তোকে রেকমেন্ড করে দিতে পারি।'

কখন কী কাজে দরকার পড়ে, তাই টাইপিংটা আগেই শেখা ছিল। কাজেই সেক্রেটারির চাকরির পক্ষে আমি অনুপযুক্ত নই। তবু লোকটার সম্বন্ধে একটু ডিটেল জানা দরকার বলে প্রশ্ন করলুম, 'কী করেন গঙ্গারাম ?' গঙ্গারাম বললেই উনিশটিবার ম্যাট্রিকে সে ঘায়েল হয়ে থামল শেষে—মনে পড়ে যায়।

কাকা বললেন, 'গঙ্গারাম মস্ত ধনী। হীরে জহরতের কারবার। বিদেশে করেস্পন্ডেন্স চালাতে হয়। যে সেক্রেটারি ছিল সে নাকি বিয়ে করার নাম করে সেই যে গেছে আর আসেনি।'

'বস্‌ হিসেবে গঙ্গারাম কি— ?'

'কোনো গোলমাল নেই। তবে ওর একটা ছেলে আছে বছর বারো বয়স, সে নাকি একটি মূর্তিমান বিচ্ছু। সে যদি কিছু করে থাকে।'

আমি বললাম, 'কুছ পরোয়া নেহী। যে ছেলের এখনো গোঁফ গজাবার বয়স হয়নি তাকে আবার ভয় কিসের ? ও আমি সামলে নেব।'

'তাহলে আর কী, লেগে পড়। আমি গঙ্গারামকে লিখে দিচ্ছি। আমার রিকোয়েস্ট ও ঠেলতে পারবে না।'

কাকার এক চিঠিতেই গঙ্গারাম রাজি। লিখলেন 'সেন্ড ইওর নেফিউ

ইমিডিয়েটলি'। একবার অম্বর প্যালেসটায় টুঁ মেরে জয়পুর থেকে চলে গেলাম মুসলমানদের পবিত্র তীর্থস্থান আজমীরে। আকবর একটা প্রাসাদ বানিয়েছিলেন এই শহরে। আজমীর থেকে সাত মাইল পশ্চিমে হিন্দুদের তীর্থস্থান পুষ্কর। সব মিলিয়ে যাকে বলে ঐতিহ্যে মহীয়ান।

প্রথম রাতটায় থাকলাম সার্কিট হাউসে। কাকাই ব্যবস্থা করে দিয়েছিলেন। আনাসাগর নামে বিরাট লেকের ধারে এমন সার্কিট হাউস ভারতবর্ষে আর দুটি আছে কিনা সন্দেহ। বারান্দায় বেতের চেয়ারে বসে যে দৃশ্য দেখলুম তা জীবনে ভুলব না। হাজার হাঁস চরে বেড়াচ্ছে লেকে, পশ্চিমে তারাগড় পাহাড়, তার পিছনে টেকনিকালার ছবির মতো সানসেট হচ্ছে।

শেঠ গঙ্গারামের গদি এবং বাসস্থান শহরের মখ্যিখানে হলেও, বাড়ির ভেতরে একবার ঢুকে পড়লে সেটা আর বোঝার জো থাকে না। সাতাশ বিঘে জমির ওপর বাড়ি। আর সেটাকে ঘিরে দুর্গের মতো পাঁচিল। আড়াই শো বছরের সোনাদানার ব্যবসা। ঘরে কত যে মহামূল্য রত্ন আর গয়নাগাটি আছে তার হিসেব নেই। সেই জন্যেই এই পাঁচিলের ব্যবস্থা—যদিও তাতেও যে ষোল আনা সেফ্‌টি হয় না সেটা পরে বুঝেছিলাম, তবে সে কথা যথাস্থানে প্রকাশ্য।

গঙ্গারামের সঙ্গে সকালে গদিতে দেখা করলুম। ভদ্রলোকের বয়স ষাট-পঁয়ষট্টি, ঘী খাওয়া নধর পরিপুষ্ট চেহারা, একবার বসে পড়লে উঠতে গেলে পাশের লোককে হাত ধরে হেল্‌প করতে হয়। আমায় দেখে প্রথম প্রশ্ন হল 'আর ইউ এ বেঙ্গলী ?'

এ প্রশ্নের অবশ্যি একটা কারণ আছে। সেটা এখানে বলি।

আগ্রায় থাকতে একদিন ব্যাঙ্কে এক খদ্দের আসে। ভদ্রলোকের চেহারা এমনিতেই ভালো, তার উপর এক জোড়া তাগড়াই গোঁফ তাতে এমন এক পার্সোন্যালিটি এনে দিয়েছে যে দেখেই ডিসাইড করলুম ও জিনিস আমারও চাই।

আড়াই মাস লেগেছিল গোঁফের ওই শেপ নিতে। মাঝখানটা ভরাট আর পুরু, আর দুটো পাশ যেন দুটো হাতির শুঁড় সেলাম ঠুকছে। কলকাতার বাঙালীদের মধ্যে থেকে গোঁফ জিনিসটা তখন প্রায় উঠে গেছে, কিন্তু পশ্চিমে অনেকেই ওটার খুব তোয়াজ করে। আর রাজস্থানে ত কথাই নেই।

শেঠজীকে বললুম যে আমি বঙ্গসন্তানই বটে—গোঁফটা নেহাৎ শখের ব্যাপার।

ইংরিজিটা ত মোটামুটি বলতেই পারতুম, দু-বছর আগ্রায় থেকে হিন্দিটাও সড়গড় হয়ে গেস্‌ল। তার উপর আদব কায়দাগুলো রপ্ত, স্বাস্থ্য ভালো, সব মিলিয়ে গঙ্গারাম খুশিই হলেন। বললেন, 'আমার বাড়িতেই তুমি থাকবে। সকালে বিকেলে আমার কাজ করবে, দুপুরটা আমি ঘুমোই, আর সন্ধেটা তুমি

আমার ছেলের টিউশনি করবে। ছেলে চালাক, তবে পড়াশুনোয় মন নেই, ভারী দুরন্ত, সঙ্গদোষে নষ্ট না হয় সেটা তোমাকে দেখতে হবে। উপযুক্ত পারিশ্রমিক আমি তোমাকে দেব। তবে একটা কথা—আমরা নিরামিষ খাই। মাছ, মাংস খেতে চাইলে তোমাকে বাইরে গিয়ে খেতে হবে। অবিশ্যি শাক-সবজি ফলমূল দুধ-মিষ্টিতে যদি তোমার অরুচি না হয় তাহলে বাইরে যাবার কোনো দরকার হবে বলে মনে করি না।'

নিরামিষ শুনে গোড়ায় মনটা দমে গেস্‌ল, কিন্তু শেঠজীর বাড়ির নিরামিষ রান্না এমনই সুস্বাদু, আর বাড়ির গরুর খাঁটি দুধের মালাই-বালাইয়ের এমনই কোয়ালিটি যে মাছ-মাংসের অভাব মিটিয়ে দিয়েছিল।

গঙ্গারামের সবশুদ্ধ সাত ছেলে। তার মধ্যে দুটি অল্প বয়সেই মারা গেছে, দুটি আর্মিতে, দুটি বাপের ব্যবসায় যোগ দিয়েছে আর ছোটটি হলেন শ্রীমান মহাবীর বিচ্ছু। আমার সঙ্গে কথা বলে গঙ্গারাম ছেলেকে ডেকে পাঠালেন। সে এলে পর 'ইনি তোমার নতুন মাস্টর' বলে আমার পরিচয় দিয়ে বললেন, 'যাও, এঁকে এঁর ঘর দেখিয়ে দিয়ে এস।'

এমন অস্থির চোখের দৃষ্টি আমি কোনো ছেলের মধ্যে দেখিনি, আর সেই সঙ্গে এমন তীক্ষ্ণ ঝিলিক। সে যে বিচ্ছু তাতে সন্দেহ নেই, কিন্তু সেই সঙ্গে তার বুদ্ধিও যে বেশ ধারালো সেটা বোঝা যায়।

গদি থেকে বাড়ির ভিতর ঢুকে একটা প্রকাণ্ড উঠোন পেরিয়ে একটা প্যাসেজের মধ্যে দিয়ে আরেকটা উঠোনে পৌঁছলাম। তারই পাশে বারান্দার ধারে একটা ঘরে নিয়ে গিয়ে আমাকে হাজির করল মহাবীর। বোঝাই যাচ্ছে এটা শিস-মহল জাতীয় একটা কিছু ছিল, কারণ ঘরের সারা দেয়াল আয়নার টুকরো দিয়ে মোড়া।

আমাকে পৌঁছে দিয়েই মহাবীর যে কেন চম্পট দিল সেটা মিনিট খানেকের মধ্যেই বুঝতে পারলুম।

ঘরের মেঝেতে দুটি এবং খাটের উপর একটি জ্যান্ত বিছে অবস্থান করছে। মেঝের দুটি তেঁতুলে, আর খাটের ওপরেরটি একেবারে খোদ কাঁকড়া বিছে। শেষেরটি আপাতত খাটের মধ্যিখান থেকে বালিশ লক্ষ করে এগুচ্ছে। আমি জানি মেঝের দুটি চেহারাতেই যা ভয়ের উদ্রেক করে, কামড়ে বিষ নেই। তবে বিছানার উপরে যেটি, তার ল্যাজের ডগায় বাঁকানো হুলটির ছোবল একেবারে মারাত্মক।

'বিচ্ছু' বিশেষণের তাৎপর্য যে এই ভাবে প্রথম দিনই বোঝা যাবে সেটা ভাবিনি।

আমি ঘর থেকে বেরিয়ে 'মহাবীর' বলে একটা হাঁক দিলুম। তাতে উত্তর না পেলেও, ডাকের ফলে উল্টোদিকের বারান্দায় স্বয়ং শ্রীমানের আবির্ভাব হল।

হেলতে দুলতে সে এসে দাঁড়াল একটা থামের পাশে। আমি তাকে ডাকলুম।

'ইধার আও।'

বিচ্ছু এগিয়ে উঠোনের মাঝবরাবর এসে আবার থামলেন।

'হাত দিয়ে বিচ্ছু তুলতে পার?' জিগ্যেস করলুম আমি।

শ্রীমান নিরুত্তর।

'এস। দেখে যাও কি করে তোলে।'

এবার শ্রীমানের কৌতূহল হল। এখানে বলে রাখি আমি নিজেও কোনদিন হাত দিয়ে কাঁকড়াবিছে তুলিনি। তবে সেটা যে সম্ভব তা জানি, কারণ ছেলেবেলায় গণশা বলে আমাদের একটা চাকর ছিল তাকে এ জিনিস করতে দেখেছি। খপ্ করে ঠিক হুলের তলাটা ধরে তুলে ফেললে হুল ফোটাবার আর মওকা পায় না বিছে।

মহাবীর আমার ঘরের দরজার মুখটাতে এসে দাঁড়াল।

আমি দম টেনে এক বুক সাহস নিয়ে দুগ্গা বলে এক ছোবলে খাটের উপর থেকে বিছেটাকে ল্যাজ ধরে তুললুম। তারপর সেটা দু আঙুলে ঝুলিয়ে মহাবীরের মুখের খুব কাছে নিয়ে গিয়ে বললুম, 'বিছেগুলোকে বাইরে ফেলে আসার জন্য একটা পাত্র নিয়ে এস। আর দেখছই ত—আমার যখন ভয় নেই, তখন আমাকে ভয় দেখিয়ে কোনো মজা নেই।'

মহাবীর এক মিনিটের মধ্যেই একটা কাঁচের বৈয়াম নিয়ে এল। তার ভেতরের দেয়ালে লাড্ডুর গুঁড়ো লেগে রয়েছে। তারই মধ্যে প্রথমে কাঁকড়া বিছেটাকে, তারপর তেঁতুলে বিছে দুটো ফেলে বললুম, 'এগুলোকে বাড়ির পাঁচিলের বাইরে ফেলে এস।'

মহাবীর গেল, তারপর কিছুক্ষণের মধ্যেই এসে রিপোর্ট করে গেল যে সে আমার আজ্ঞা পালন করেছে।

তারপর থেকে মনে হত যে প্রাইভেট টিউটরের প্রতি তার যে স্বাভাবিক বিরাগ সেটা মহাবীর কিছুটা কাটিয়ে উঠেছে। কতটা কাটিয়েছে সেটা জানা মুশকিল, কারণ এমনিতে সে অত্যন্ত চাপা। পেটে বোমা মারলেও মনের আসল ভাব সে প্রকাশ করবে না। কিন্তু ছেলেটি অত্যন্ত চৌকস, কাজেই লেখাপড়ায় যাতে তার মন বসে সে চেষ্টা আমাকে করতেই হবে, তাতে সফল হই বা না হই। দুষ্টুমি বন্ধ করার চেষ্টা আমি করিনি, কারণ জানি সেটা মাঠে মারা যাবে। ত্যাঁদড়ামোর দৌড় যে কতখানি সেটা এক দিনের ঘটনা বললেই বুঝতে পারবে।

গঙ্গারামের বাড়িতে চারটে ঘোড়া, ছটা উট। একদিন সকালে মনিবের চিঠি টাইপ করছি গদিতে বসে, এমন সময় হঠাৎ সমস্বরে অনেকগুলো উটের আর্তনাদ শুনে আঁৎকে উঠলুম। উটের ডাকের মতো অমন বীভৎস ঘড়ঘড়ে ডাক আর কোনো জানোয়ারের নেই।

কৌতূহল হওয়াতে বাইরে বেরিয়ে দেখি—জোড়া জোড়া উট বোধহয় পরস্পরের দিকে পিঠ করে বসেছিল, কোন এক ফাঁকে গিয়ে শ্রীমান এর-ওর ল্যাজ গাঁটছড়ার মতো করে বেঁধে দিয়ে এসেছে। বসা উট দাঁড়িয়ে উঠতে ল্যাজে টান পড়ার ফলেই এই বিকট চীৎকার।

গঙ্গারাম এ ব্যাপারে ভয়ংকর আপসেট হয়ে পড়াতে তাকে বুঝিয়ে বললুম যে এ ধরনের দুষ্টুমির বয়সটা মানুষের খুব দীর্ঘস্থায়ী হয় না ; তোমার ছেলের যথেষ্ট বুদ্ধি আছে ; সে পড়াশুনোয় ভালো হবে এ গ্যারান্টি আমি দিচ্ছি, তুমি চিন্তা কোর না।

এত বলার পর বাপ স্বস্তির নিশ্বাস ফেললেন।

মহাবীরকে পড়ানোর টাইম ছিল সন্ধ্যা সাতটা থেকে নটা। একতলার পিছন দিকে আমার ঘরের উল্টোদিকে একটা ঘরে বসে পড়াশুনা হত। আমি গিয়ে বসলেই বেয়ারা এক গেলাস সরবত দিয়ে যেত। সেটা যে কিসের সরবত তা কোন দিন ঠাহর করতে পারিনি, তবে বলতে পারি এমন সুস্বাদু সুগন্ধী সরবত আর কোনদিন খাইনি। সরবত শেষ হতে না হতেই ছাত্র এসে পড়তেন।

একদিন দেখি ছেলে আর আসে না। আমি ঘড়ি দেখছি থেকে থেকে ; বিশ মিনিট হয়ে গেল, পঁচিশ মিনিট, এক ঘণ্টা, তবু সে আসে না। দেরির কী কারণ হতে পারে বুঝতে পারছি না, এমন সময় হঠাৎ শ্রীমান এসে হাজির।

'কী ব্যাপার বলত ?' জিজ্ঞেস করলাম তাকে। 'এত দেরি কেন ?'

'তোমায় একটা জিনিস দেখাব তাই,' বললেন শ্রীমান। 'বাবার নেশা পুরোপুরি না হলে ট্যাঁক থেকে চাবি বার করতে পারছিলাম না।'

সর্বনাশ ! বাবার ট্যাঁক থেকে চাবি ? শেঠজী যে গাঁজা জাতীয় একটা কিছু সেবন করেন সন্ধ্যাবেলা সেটা জানতাম।

'কিসের চাবি ?' জিগ্যেস করলাম আমি।

'সিন্দুকের,' বললেন শ্রীমান বিচ্ছু।

তারপর পকেট থেকে একটা জিনিস বার করে ঠক করে টেবিলের উপর রাখল। ল্যাম্পের আলোয় সেটার চোখ ধাঁধানো ঝলসানি আমায় থমকে দিল।

জিনিসটা একটা সোনার লকেট। সাইজে ক্যারামের স্ট্রাইকারের মতো। মাঝখানে একটা আধুলি-প্রমাণ সবুজ মণি, নির্ঘাৎ মরকত বা পান্না,—তাকে ঘিরে আছে হীরের বলয়, আর তাকে আবার ঘিরে আছে সোনার সূক্ষ্ম কারুকার্যের মধ্যে বসানো চুনি আর পান্না।

'জাহাঙ্গীর বাদশার জিনিস ছিল এটা' চাপা গলায় বলল মহাবীর। 'বিশ লাখ টাকা দাম। বাবা কাউকে দেখান না, কাউকে বিক্রী করবেন না।'

'আর তুমি এটা সিন্দুক থেকে বার করে নিয়ে এলে ?'

'বাঃ, এটা তোমাকে দেখাব না ? তোমার দেখা হলে আবার রেখে দিয়ে আসব।'

আমি অবাক হয়ে একবার লকেটের দিকে, একবার মহাবীরের দিকে দেখছি, এমন সময় হঠাৎ একটা প্রশ্ন করে বসলেন শ্রীমান।

'টোটা সিং-এর নাম শুনেছ ?'

'কে টোটা সিং ?'

'আসল নাম কেউ জানে না। ডাকু টোটা সিং। পুলিশ ধরে জেলে পুরেছিল, ও জানলার গরাদ হাত দিয়ে বেঁকিয়ে পালিয়ে যায়।'

এবার মনে পড়ল। কোনো একটা কাগজে পড়েছিলাম বটে। রাজপুত ডাকাত, রাজপুত্রেরই মতো চেহারা। ফরসা রং, কিন্তু ডাকাতি করে মিশকালো ভীলদের সঙ্গে। ভারী রহস্যময় চরিত্র। পুলিশ জেরা করেও কিছু জানতে পারেনি। দুর্ধর্ষ সাহসী, আর বন্দুকের অব্যর্থ নিশানা। গায়েও নাকি প্রচণ্ড শক্তি।

'হঠাৎ টোটা সিং-এর কথা জিগ্যেস্ করছ কেন ?'

'আমাদের বাড়িতে ডাকাত এলে মজা হবে।'

আমি ত থ! বললাম, 'এসব কী বলছ তুমি ?'

'গোলাগুলি চলবে, আর মজা হবে না ?'

'এসব কথা বোল না মহাবীর। যদি লোক খুন হয় সেটা কি খুব ভালো হবে ?'

মহাবীর আর কিছু বলল না। তার উৎসাহের সঙ্গে আমার উৎসাহ মেলাতে পারলাম না বলে বোধহয় সে কিছুটা হতাশ হল। তাকে লকেটটা দিয়ে বললাম, 'যাও, এটা রেখে এস বাবার সিন্দুকে।'

মহাবীর বাধ্য ছেলের মতো লকেটটা নিয়ে বেরিয়ে গিয়ে আবার পাঁচ মিনিটের মধ্যে ফিরে এল। সেদিন আর তেমন জমিয়ে পড়াশুনা হল না।

রাত্তিরে শুয়ে শুয়ে লকেটটার কথা আর সেই সঙ্গে কী বিপুল ধনদৌলতের মধ্যে রয়েছি আমি সেই কথাটা ভাবছিলাম। আমার ঘরের উপরেই শেঠ গঙ্গারামের ঘর। শেঠজীর ইনসম্‌নিয়া, রাত আড়াইটা তিনটার আগে ঘুম আসে না। নেশার ফলে সন্ধ্যা সাতটা নাগাৎ একটা তন্দ্রার ভাব আসে। তারপর দশটা থেকে একেবারে সজাগ। এই ব্যারাম হোমিওপ্যাথিতে সারেনি। তাই শেঠজী আলোপ্যাথির ঘুমের বড়ি খান। কিন্তু যতক্ষণ না ঘুমের আমেজ আসে ততক্ষণ ঘরে পায়চারি করেন। তাঁর পদধ্বনি আজ শুনতে পাচ্ছি আমার মাথার উপরে।

ক্রমে সেই পায়ের শব্দও থেমে গেল, কিন্তু আমার চোখে ঘুম নেই। ঢংঢং করে গদির ঘরের জাপানী দেয়াল ঘড়িতে দুটো বাজল, আর তারই কিছুক্ষণ পরেই মাথায় আকাশ ভেঙে পড়ল।

একে টেলিপ্যাথি বলব না কী বলব জানি না ; আজই সন্ধ্যায় ডাকাতের কথা হল, আর আজই ডাকাত পড়ল শেঠ গঙ্গারামের বাড়ি !

প্রথমে সন্দেহ হল কুকুরের ঘেউ ঘেউ শুনে। তারপর ঘোড়ার চিঁহিহি আর উটের পরিত্রাহি আর্তনাদ। তারপর হৈ হল্লা আর পর পর তিনটে বন্দুকের আওয়াজ পেয়ে আমি খাটের উপর সটান উঠে বসলাম। ঘর থেকে বারান্দায় বেরোব কিনা ভাবছি, এমন সময় বেশ কিছু লোকের এক সঙ্গে দ্রুত পায়ের শব্দে সমস্ত বাড়িটা গমগম করে উঠল। দরজা দিয়ে মুখ বাড়িয়ে ওদিকের বারান্দায় প্যাসেজের ভিতর দিয়ে বাইরের উঠোনের যে অংশটা দেখা যায়, তাতে আলোকরশ্মির ছটফটানি দেখে বুঝলাম কে বা কারা যেন টর্চ ফেলছে।

মাথায় রোখ চেপে গেল। শেঠজীই আমাকে একটা রিভলভার দিয়েছিলেন। সেটা নিয়ে প্যাসেজের দিকে এগিয়ে গেলুম। বাড়িতে ডাকাত যদি পড়েই থাকে ত এভাবে কেঁচো হয়ে ঘরে বসে থাকলে বাঙালীর মুখে যে কালী পড়বে !

কিন্তু প্যাসেজ দিয়ে বেরোনমাত্র একটা বন্দুকের গর্জনের সঙ্গে সঙ্গে বুঝলাম আমার কানের পাশ দিয়ে একটা গুলি বেরিয়ে গিয়ে পিছনের একটা কাঁচের জানালাকে চৌচির করে দিল। আমি বেগতিক দেখে মাটিতে হুমড়ি খেয়ে পড়লুম। গোলাগুলি চললে এটাই যে প্রশস্ত পন্থা এটা আমার জানা ছিল। তাও উপুড় অবস্থাতেই হাত বাড়িয়ে রিভলভারের ঘোড়া টিপে একজন বন্দুকধারীর দিকে একটা গুলি চালিয়ে দিলুম। লোকটা আর্তনাদ করে কোমরে হাত চাপা দিয়ে অন্ধকারে অদৃশ্য হয়ে গেল। আজ অমাবস্যা, কিন্তু উঠোনের উপরে ছাত নেই বলে তারার আলোতে তবু কিছুটা দেখা যাচ্ছিল।

এই ভাবে কুরুক্ষেত্র চলল মিনিট কুড়ি। শেঠজীর বাড়ি পাহারা দেবার জন্য সশস্ত্র দারোয়ান ছিল গোটা আষ্টেক। কাজেই যুদ্ধ যে শুধু এক তরফাই ঘটেছে তা নয়।

ক্রমে হল্লা, আর্তনাদ, গুলির শব্দ, পায়ের শব্দ ইত্যাদি সব কিছু থামার পর আমি আবার উঠে দাঁড়ালাম। তখন এদিকে ওদিকে বাতি জ্বলতে শুরু করেছে। ওপর থেকে মেয়েদের গলায় ঘোর বিলাপ ধ্বনি শোনা যাচ্ছে। যতদূর মনে হয়, রেড সাক্সেসফুল।

মিনিট খানেকের মধ্যেই মহাবীর দৌড়ে নেমে এল দোতলা থেকে। সে আমার ঘরেই যাচ্ছিল, মাঝপথে আমাকে দেখে থেমে গিয়ে পাকা খবর দিয়ে দিল।

টোটা সিং ডাকাতের দল বিস্তর ধনরত্ন লুট করে নিয়ে চলে গেছে, ইনক্লুডিং শেঠজীর সিন্দুক খুলে জাহাঙ্গীরের লকেট। শেঠজী নিজে নাকি বিপদ বুঝে গিন্নী ও মহাবীরকে নিয়ে ছাতে গিয়ে গা ঢাকা দিয়েছিলেন। তাঁর দুই ছেলে প্রতাপ ও রঘুবীর বন্দুক নিয়ে ডাকাতদের বিরুদ্ধে রুখে দাঁড়িয়েছিল—দুজনেই জখম। এ

ছাড়া দুটি প্রহরী মরেছে, আরেকটির পায়ে গুলি লেগেছে।

কিন্তু এখানেই গল্পের শেষ নয়।

পুলিশে ডায়রি ইত্যাদি যা করবার সে ত হলই। এখানে বলে রাখি যে শেষ পর্যন্ত ইনস্পেক্টর যশোবন্ত সিং এবং তাঁর দলের লোকেরা জাহাঙ্গীরের লকেট সমেত চোরাই মালের অধিকাংশই উদ্ধার করেছিলেন, ডাকাতদলের সাতজন ধরা পড়েছিল, তবে টোটা সিং উধাও। কিন্তু এ সবের আগে আমাকে জড়িয়ে যে ঘটনাটা ঘটল তার জন্য আমি মোটেই প্রস্তুত ছিলাম না।

ডাকাতির দুদিন পরের সন্ধ্যেবেলা।

ছাত্র পড়ানোর ঘরে গেছি যথারীতি সাতটার সময়, সরবতও খাওয়া হয়ে গেছে, এমন সময় অনুভব করলাম মাথাটা কেমন যেন ঝিমঝিম করছে। ছাত্র তখনও আসেনি, এদিকে ক্রমেই বুঝতে পারছি যে চোখের সামনের জিনিসগুলো দেখতে যেন রীতিমতো কষ্ট করে দৃষ্টি ফোকাস করতে হচ্ছে।

কী যে হল কিছুই বুঝতে পারছি না, শুধু এটুকু বুঝছি যে এ অবস্থায় পড়ানো অসম্ভব।

এমন সময় শ্রীমান মহাবীর সিং-এর প্রবেশ। তার হাতে একটা হলদে কাগজ—হ্যান্ডবিলের মতো।

অবাক হয়ে দেখলাম তাতে আমারই ছবি।

'টোটা সিং', বলল মহাবীর, তার চোখ জ্বল জ্বল করছে।

টোটা সিং? কী বলছে ছেলেটা পাগলের মতো। স্পষ্ট দেখছি যে আমার ছবি—সেই গোঁফ, সেই ঝুলপি, সেই নাক, সেই চোখ!

'টোটা সিং,' আবার বলল মহাবীর। 'ঠিক তোমার মতো দেখতে। রাস্তার দেয়ালে দেয়ালে ছবি আটকে দিয়েছে আজই দুপুরে। ধরে দিতে পারলে দু হাজার টাকা পুরস্কার।'

আমি সেই অবস্থাতেই কাগজটা ওর হাত থেকে নিয়ে চোখের একেবারে সামনে এনে নিচের লেখাটা পড়ার চেষ্টা করলুম। বড় করে লেখা টোটা সিং-এর নামটা পড়তে কোনো অসুবিধা হল না। আর সেই সঙ্গে ছবির মাথার উপরে লেখা 'রিওয়ার্ড রুপীজ ২০০০।'

'পুলিশ তোমায় ধরতে আসবে,' বলল মহাবীর সিং। 'কিষণলাল বলল ও পুলিশে বলে দেবে তুমি এখানে থাক। ও দেখেছে দেয়ালের ছবি।'

কিষণলাল শেঠজীর দোকানের একজন কর্মচারী। লোকটা খুব সুবিধের নয় সেটা আমারও কয়েকবার মনে হয়েছে।

'তোমার জেল হবে,' বলে চলেছে মহাবীর সিং। আমার জেল হলে সে যেন রেহাই পায় এমনই তার ভাব। এই অদ্ভুত প্রায়-বেহুঁশ অবস্থাতেও বুঝতে পারলাম যে এ ছেলেকে আমি বশ করতে পারিনি। সে আমার প্রতি যেমনি

বিরূপ ছিল তেমনিই রয়ে গেছে।

আমি আর চোখ খুলে রাখতে পারছিলাম না। জিভও জড়িয়ে আসছিল। তার মধ্যেই বুঝতে পারছি যে একটা বিশ্রী অবস্থায় পড়ে গেছি। চেহারায় যখন এতই মিল তখন গঙ্গারামও আমাকে উদ্ধার করতে পারবেন কিনা সন্দেহ। শেষটায় হাতে হাতকড়া !

ঘর থেকে বেরিয়ে টলতে টলতে উঠোন পেরিয়ে কোনো মতে আমার শিস-মহলে বিছানায় শুয়ে পড়লাম, আর শোয়ামাত্র অঘোরে ঘুম !

পরদিন ঘুম ভাঙল পুরুষ মানুষের গলার শব্দে। ভারী গলায় কে যেন ইংরিজি-হিন্দি মিশিয়ে কথা বলছেন আমার ঘরের কাছেই।

'আমাদের ডেফিনিট ইনফরমেশন আছে এ বাড়িতে সে লোককে দেখা গেছে। আমরা সার্চ করে দেখতে চাই। ছাব্বিশটা ঘর এই হাভেলিতে। লুকোবার জায়গার কি অভাব আছে ?'

আমি প্রমাদ গুনলাম। কথার সঙ্গে সঙ্গে পায়ের শব্দ এগিয়ে আসছে আমারই ঘরের দিকে।

এবার গঙ্গারামের কাতর কণ্ঠস্বর শোনা গেল।

'এ বাড়িতে টোটা সিং লুকিয়ে থাকবে আমার অজান্তে ? এটা কী করে সম্ভব হয় ইন্স্পেক্টর সাহেব ?'

দরজার বাইরে লোক। আমি বিছানায় কনুইয়ে ভর করে আধশোয়া। আমার গলা শুকিয়ে গেছে, বুকের ভিতর ধড়ফড়ানি। এখনও মাথা ভার ; কাল যে কী হল এখনও বুঝতে পরছি না !

চৌকাঠ পেরিয়ে এক পা ঢুকে এলেন উর্দি পরা দারোগা। আমার দিকে এক ঝলক দৃষ্টি দিয়ে 'সরি' বলে বেরিয়ে গেলেন। পায়ের শব্দ এবং কণ্ঠস্বর বারান্দার ডান দিক দিয়ে মিলিয়ে এল।

আমার মাথা ভোঁ ভোঁ করছে। তাহলে কি কালকের ছবিটাও মহাবীরের আরেকটা বিচ্ছুমি ? শুধু আমার মনে একটা প্যানিক সৃষ্টি করার জন্য ?

আমি বিছানা ছেড়ে উঠলাম।

দেয়ালের দিকে চোখ গেল।

দেয়ালের সর্বাঙ্গে আয়নার টুকরো। তাতে আমার মুখের ছায়া পড়েছে। একটা নয়, অগুন্তি।

কিন্তু এ মুখ যে বদলে গেছে !

আপনা থেকেই আমার হাতটা মুখের উপর চলে এল।

কোথায় আমার টোটা-মার্কা তাগড়াই গোঁফ ? আমি যে ক্লীন-শেভ্ন !

আর আমার মাথার চুলের এ কী দশা ? এ যে প্রায় কদম ছাঁট !

দোর গোড়ায় এখন দাঁড়িয়ে মহাবীর সিং—তার চোখে মুখে শয়তানী হাসি।

'কাল সরবতে কী ছিল?' সে জিগ্যেস করল।

'কী ছিল?'

'বাবার চারটে ঘুমের বড়ি। তুমি ঘুমোলে পর দাদার খুর দিয়ে আমি তোমার গোঁফ কামিয়ে দিই, আর কাঁচি দিয়ে চুল ছেঁটে দিই। নাহলে তোমায় ধরে নিয়ে যেত। এখন ওরা বুদ্ধু বনে যাবে।'

আমি অবাক হয়ে চেয়ে রইলাম মহাবীরের দিকে। এমন ফন্দির কি তারিফ না করে পারা যায়? আর সে যে সত্যি আমার বন্ধু, তার এর চেয়ে বড় প্রমাণ কি আর আছে?

'সাবাস, মহাবীর,' আমি এগিয়ে গিয়ে বন্ধুর পিঠ চাপড়ে বললাম, 'জিতে রহো।'

লখ্নৌর ডুয়েল

'ডুয়েল মানে জানিস ?' জিগ্যেস করলেন তারিণীখুড়ো।

'বাঃ, ডুয়েল জানব না ?' বলল ন্যাপলা। 'ডুয়েল রোল, মানে দ্বৈত ভূমিকা। সন্তোষ দত্ত গুপী গাইনে ডুয়েল রোল করেছিলেন—হাল্লার রাজা, শুণ্ডীর রাজা।'

'সে ডুয়েলের কথা বলছি না,' হেসে বললেন তারিণীখুড়ো। 'ডি-ইউ-এ-এল নয়, ডি-ইউ-ই-এল ডুয়েল। অর্থাৎ দুজনের মধ্যে লড়াই।'

'হ্যাঁ হ্যাঁ, জানি জানি!' আমরা সকলে একসঙ্গে বলে উঠলাম।

'এই ডুয়েল নিয়ে এককালে কিছু পড়াশুনা করেছিলুম নিজের শখে,' বললেন তারিণীখুড়ো। 'ষোড়শ শতাব্দীর শেষ ভাগে ইটালি থেকে ডুয়েলিং-এর রেয়াজ ক্রমে সারা ইউরোপে ছড়িয়ে পড়ে। তখন তরোয়াল জিনিসটা ছিল ভদ্রলোকদের পোশাকের একটা অঙ্গ, আর অসি-চালনা বা ফেনসিং শেখাটা পড়ত সাধারণ শিক্ষার মধ্যে। একজন হয়ত আরেকজনকে অপমান করল, অমনি অপমানিত ব্যক্তি ইজ্জত বাঁচাবার খাতিরে অন্যজনকে ডুয়েলে চ্যালেঞ্জ করল ; এই চ্যালেঞ্জ অগ্রাহ্য করাটা রেয়াজের মধ্যে পড়ত না, ফলে সোর্ড ফাইট শুরু হয়ে যেতো। মান যে বাঁচবেই এমন কোনো কথা নেই, কারণ যিনি চ্যালেঞ্জ করেছেন তিনি অসি চালনায় তেমন নিপুণ নাও হতে পারেন। কিন্তু তাও চ্যালেঞ্জ করা চাই, কারণ অপমান হজম করাটা সেকালে অত্যন্ত হেয় বলে গণ্য হত।

'বন্দুক-পিস্তলের যুগে অবিশ্যি পিস্তলই হয়ে গেল ডুয়েলিং-এর অস্ত্র। সেটা অষ্টাদশ শতাব্দীর ঘটনা। এই ডুয়েলিং-এ তখন এত লোক মরত আর জখম হত, যে এটাকে বেআইনী করার চেষ্টা ইতিহাসে অনেকবার হয়েছে। কিন্তু এক রাজা আইন করে বন্ধ করলেন ত পরের রাজা ঢিলে দেওয়াতে আবার চালু হয়ে গেল ডুয়েলিং। আর কতরকম তার আইনকানুন!—দুজনকেই হুবহু একরকম

অস্ত্র ব্যবহার করতে হবে, দুজনেরই একটি করে "সেকেণ্ড" বা আম্পায়ার থাকবে যাতে কারচুপির রাস্তা বন্ধ হয় ; দুজনকেই দাঁড়াতে হবে এমন জায়গায় যাতে পরস্পরের মধ্যে আন্দাজ বিশ গজের ব্যবধান থাকে, আর চ্যালেঞ্জারের সেকেণ্ড "ফায়ার" বলা মাত্র দুজনের একসঙ্গে গুলি চালাতে হবে। তোরা জানিস কিনা জানি না, এই ভারতবর্ষেই—না, ভারতবর্ষ কেন—এই কলকাতাতেই, আজ থেকে দুশো বছর আগে এক বিখ্যাত ডুয়েল লড়াই হয়েছিল ?'

ন্যাপলাও দেখলাম জানে না ; সেও আমাদের সঙ্গে মাথা নাড়ল।

'যে দুজন লড়েছিলেন,' বললেন তারিণীখুড়ো, 'তাঁদের একজন ত জগদ্বিখ্যাত। তিনি হলেন ভারতের বড়লাট ওয়ারেন হেস্টিংস। প্রতিপক্ষের নাম ফিলিপ ফ্রানসিস। ইনি ছিলেন বড়লাটের কাউনসিলের সদস্য। হেস্টিংস কোনো কারণে ফ্রানসিসকে একটি অপমানসূচক চিঠি লেখেন। ফ্রানসিস তখন তাকে ডুয়েলে চ্যালেঞ্জ করে। আলিপুরে এখন যেখানে ন্যাশনাল লাইব্রেরি, তারই কাছে একটা খোলা জায়গায় এই ডুয়েল হয়। ফ্রানসিস চ্যালেঞ্জ করেছেন, ফলে তারই এক বন্ধুকে জোড়া-পিস্তল জোগাড় করতে হল, এবং তিনিই "ফায়ার" বলে চেঁচালেন। পিস্তলও চলেছিল একই সঙ্গে, কিন্তু মাটিতে জখম হয়ে পড়ল মাত্র একজনই—ফিলিপ ফ্রানসিস। তবে সুখের বিষয় সে-জখম মারাত্মক হয়নি।'

'ইতিহাস ত হল,' বলল ন্যাপলা, 'এবার গল্প হোক্। ডুয়েলিং যখন আপনার মাথায় ঘুরছে, তখন মনে হচ্ছে ডুয়েল নিয়ে নির্ঘাৎ আপনার কোনো এক্সপিরিয়েন্স আছে।'

খুড়ো বলল, 'তোরা যা ভাবছিস সেরকম অভিজ্ঞতা না থাকলেও, যা আছে শুনলে তাক্ লেগে যাবে।'

দুধ-চিনি ছাড়া চায়ে চুমুক দিয়ে, পকেট থেকে এক্সপোর্ট কোয়ালিটি বিড়ির প্যাকেট আর দেশলাইটা বার করে পাশে তক্তপোষের ওপর রেখে তারিণীখুড়ো তাঁর গল্প শুরু করলেন—

আমি থাকি তখন লখ্নৌতে। রেগুলার চাকরি বলে কিছু নেই, এবং তার বিশেষ প্রয়োজনও নেই, কারণ তার বছর দেড়েক আগে রেঞ্জার্সের লটারিতে লাখ দেড়েক টাকা পেয়ে, তার সুদেই দিব্যি চলে যাচ্ছে। আমি বলছি ফিফ্‌টি ওয়ানের কথা। তখনও আর এমন ম্যাগির বাজার ছিল না, আমি একা মানুষ, মাসে পাঁচ-সাতশো টাকা হলে দিব্যি আরামে চলে যেত। লাটুশ রোডে একটা ছোট্ট বাংলো বাড়ি নিয়ে থাকি, 'পায়োনীয়ার' কাগজে মাঝে মাঝে ইংরিজিতে চুট্‌কি গোছের লেখা লিখি, আর হজরতগঞ্জের একটা নিলামের দোকানে যাতায়াত করি। নবাবদের আমলের কিছু কিছু জিনিস তখনও পাওয়া যেত। সুবিধের দামে পেলে ধনী আমেরিকান টুরিস্টদের কাছে বেচে বেশ টুপাইস লাভ করা যেত। অবিশ্যি আমার নিজেরও যে শখ ছিল না তা নয়। আমার

বৈঠকখানা ছোট হলেও তার অনেক জিনিসই ছিল এই নিলামের দোকানে কেনা।

এক রবিবার সকালে দোকানে গিয়ে দেখি জিনিসপত্তরের মধ্যে রয়েছে একটা খয়েরি রঙের মেহগানি কাঠের বাক্স, এক হাত লম্বা, এক বিঘত চওড়া, ইঞ্চি তিনেক পুরু। ভেতরে কী থাকতে পারে আন্দাজ করতে পারলাম না, তাই জিনিসটা সম্বন্ধে কৌতূহল গেল বেড়ে। নিলামে অনেক জিনিসই উঠেছে, কিন্তু আমার মনটা পড়ে রয়েছে ওই বাক্সের দিকে।

অবশেষে প্রায় এক ঘণ্টা অপেক্ষা করার পর দেখলুম নিলামদার বাক্সটাকে হাতে তুলে নিয়েছেন। আমি টান হয়ে বসলুম। যথারীতি গুণকীর্তন শুরু হল।—'এবারে একটি অতি লোভনীয় জিনিস আপনাদের কাছে উপস্থিত করছি। এর জুড়ি পাওয়া ভার। দেখুন, এই যে ঢাকনা খুলছি আমি। দুশো বছরের পুরোন জিনিস, অথচ এখনো এর জেল্লা অম্লান রয়েছে। জগদ্বিখ্যাত আগ্নেয়াস্ত্র প্রস্তুতকারক জোসেফ ম্যানটনের ছাপমারা এক জোড়া ডুয়েলিং পিস্তল! এই জোড়ার আর জুড়ি নেই!...'

আমার ত দূর থেকে দেখেই হয়ে গেছে। ও জিনিসটা আমার চাই। আমার কল্পনা তখনই খেলতে শুরু করে দিয়েছে। চোখের সামনে দেখতে পাচ্ছি দুই প্রতিদ্বন্দ্বী পরস্পরের বিশ হাত দূরে মুখোমুখি দাঁড়িয়ে 'ফায়ার!' শোনামাত্র গুলি চালাচ্ছে, আর তার পরেই রক্তাক্ত ব্যাপার!

এই সব চিন্তা মাথায় ঘুরছে, নিলামও হয়ে চলেছে, চারবাগের এক গুজরাটি ভদ্রলোক সাড়ে সাত শো বলার পর আমি ধাঁ করে হাজার বলাতে দেখলাম ডাকাডাকি বন্ধ হয়ে গেল, ফলে বাক্স সমেত পিস্তল দুটি আমারই হয়ে গেল।

জিনিসটা দোকানে দেখে যতটা ভালো লেগেছিল, বাড়িতে এসে হাতে নিয়ে তার চেয়ে যেন শতগুণে বেশি ভালো লাগল। পিস্তলের মতো পিস্তল বটে। যেমন তার বাঁট, তেমনি তার নল। পুরো পিস্তল প্রায় সতের ইঞ্চি লম্বা। তার গায়ে পরিষ্কার খোদাই করা রয়েছে মেকারের নাম—জোসেফ ম্যান্টন। বন্দুক সম্বন্ধে কিছু পড়াশুনা আগেই করা ছিল; অষ্টাদশ শতাব্দীর শেষ ভাগে ইংলন্ডে বন্দুক বানিয়ে হিসেবে যাদের সবচেয়ে বেশি নামডাক ছিল, তার মধ্যে জোসেফ ম্যান্টন হলেন একজন।

লখ্নৌ গিয়েছি সবে মাস তিনেক হল। ওখানে বাঙালীর সংখ্যা বিশেষ কম নয়, কিন্তু তখনো পর্যন্ত তাদের কারুর সঙ্গে তেমন পরিচয় হয়নি। সন্ধ্যাবেলাটা মোটামুটি বাড়িতেই থাকি; আমি ছাড়া থাকে একজন রান্নার লোক আর একটি চাকর। পিস্তল দুটো কেনা অবধি মাথায় ডুয়েলিং সংক্রান্ত একটা প্লট ঘুরছে, তাই খাতা-কলম নিয়ে আরাম কেদারায় বসেছি, এমন সময় দরজায় কে যেন কড়া নাড়ল। কোনো বিদেশী খদ্দের নাকি? পুরোন জিনিসের সাপ্লায়ার হিসেবে

আমার কিছুটা পরিচিতি এর মধ্যেই হয়ে গেছে।

গিয়ে দরজা খুললুম। একজন সাহেবই বটে। বছর পঁয়তাল্লিশ বয়স, বোঝাই যায় এদেশে অনেকদিনের বাসিন্দা, এমন কি জন্মও হয়ত এখানেই। অর্থাৎ অ্যাংলো ইন্ডিয়ান।

'গুড ইভিনিং।'

আমিও প্রত্যভিবাদন জানালুম। সাহেব বলল, 'একটু দরকার ছিল। ভেতরে বসতে পারি কি?'

'নিশ্চয়ই।'

সাহেবের উচ্চারণে কিন্তু দোআঁশলা ভাব নেই একদম।

ভদ্রলোককে বৈঠকখানায় এনে বসালাম। এইবার আলোয় চেহারাটা আরো স্পষ্ট বোঝা গেল। সুপুরুষই বলা চলে। চুল কটা। একজোড়া বেশ তাগড়াই গোঁফ তাও কটা, চোখের মণি নীল, পরনে ছেয়ে রঙের সুট। আমি বললুম, 'সাহেব, আমি ত মদ খাই না, তবে যদি বলো ত এক পেয়ালা চা বা কফি করে দিতে পারি'। সাহেব বললে যে তার কিছুরই দরকার নেই, সে এইমাত্র বাড়ি থেকে ডিনার খেয়ে আসছে। তারপর তার আসার কারণটা বললে।

'তোমায় আজ সকালে দেখলাম হজরতগঞ্জের অকশন হাউসে।'

'তুমিও ছিলে বুঝি সেখানে?'

'হ্যাঁ—কিন্তু তুমি এত তন্ময় ছিলে তাই বোধহয় খেয়াল করনি।'

'আসলে একটা জিনিসের ওপর খুব লোভ ছিল—'

'সেটা ত তোমারই হয়ে গেল শেষ পর্যন্ত। ডুয়েলিং পিস্তল—জোসেফ ম্যান্টনের তৈরি! ইউ আর ভেরি লাকি!'

আমি একটা কথা না জিগ্যেস করে পারলাম না।

'ওটা কি তোমার কোনো চেনা লোকের সম্পত্তি ছিল?'

'হ্যাঁ, তবে সে বহুদিন হল মারা গেছে। তারপর কোথায় চলে গিয়েছিল জিনিসটা জানতাম না। ওটা কি আমি একবার হাতে নিয়ে দেখতে পারি? কারণ ওটার সঙ্গে একটা কাহিনী জড়িত রয়েছে, তাই...'

আমি সাহেবের হাতে পিস্তলের বাক্সটা দিলুম। সাহেব সেটা খুলে পিস্তলটা বার করে উদ্ভাসিত চোখে সেটা ল্যাম্পের কাছে নিয়ে গিয়ে নেড়ে চেড়ে দেখে বললে, 'এই পিস্তল দিয়ে এক ডুয়েল লড়া হয়েছিল এই লখ্‌নৌ শহরে সেটা বোধহয় তুমি জান না?'

'লখ্‌নৌতে ডুয়েল!'

'হ্যাঁ। আজ থেকে দেড়শো বছর আগের ঘটনা। একেবারে ঊনবিংশ শতাব্দীর শেষে। সত্যি বলতে কি, আর তিন দিন পরেই ঠিক দেড়শো বছর পূর্ণ হবে। ষোলই অক্টোবর।'

'তাই বুঝি ?'

'হ্যাঁ।'

'খুব আশ্চর্য ত! কিন্তু ডুয়েলটা কাদের মধ্যে হয়েছিল—' ?

সাহেব পিস্তলটা ফেরত দিয়ে আবার সোফায় বসে বললে, 'সমস্ত ঘটনাটা আমার এমন পুঙ্খানুপুঙ্খ ভাবে শোনা যে আমি যেন চোখের সামনে দেখতে পাই।...ডাঃ জেরিমায়া হাডসনের মেয়ে অ্যানাবেলা হাডসন তখন ছিল লখ্‌নৌ-এর নামকরা সুন্দরী। ডাকসাইটে তরুণী; ঘোড়া চালায়, বন্দুক চালায় —দুটোই পুরুষের মতো। এদিকে আবার ভালো নাচতে পারে, গাইতে পারে। সেই সময় লখ্‌নৌতে এক তরুণ ইংরেজ আর্টিস্ট এসে রয়েছেন, নাম জন ইলিংওয়ার্থ। তার আসল মতলব নবাবের ছবি এঁকে ভালো ইনাম পাওয়া, কিন্তু অ্যানাবেলার সৌন্দর্যের কথা শুনে আগে তার একটা পোর্ট্রেট করার প্রস্তাব নিয়ে তার বাড়িতে গিয়ে হাজির হল। ছবিও হল বটে, কিন্তু তার আগেই ইলিংওয়ার্থ অ্যানাবেলাকে গভীর ভাবে ভালোবেসে ফেলেছে।

'এদিকে তারই কিছুদিন আগে একটা পার্টিতে অ্যানাবেলার সঙ্গে আলাপ হয়েছে চার্লস ব্রুসের। লখ্‌নৌ ক্যান্টনমেন্টে তখন বেঙ্গল রেজিমেন্টের একটা বড় অংশ ছিল, তারই ক্যাপ্টেন ছিলেন চার্লস ব্রুস। ব্রুসও প্রথম দর্শনেই অ্যানাবেলার প্রেমে পড়ে গেলেন।

'পার্টির দুদিন বাদে আর থাকতে না পেরে অ্যানাবেলার বাড়ি গিয়ে হাজির হলেন ক্যাপ্টেন ব্রুস। গিয়ে দেখেন একটি অচেনা তরুণ অ্যানাবেলার ছবি আঁকছে। ইলিংওয়ার্থ তেমন জোয়ান পুরুষ না হলেও চেহারাটা তার মন্দ ছিল না। তার হাবভাবে সেও যে অ্যানাবেলার প্রতি অনুরক্ত এটা বুঝতে ব্রুসের দেরি লাগল না। শিল্পী জাতটাকে ব্রুস এমনিতেই অবজ্ঞা করে, বর্তমান ক্ষেত্রে সে অ্যানাবেলার সামনেই ইলিংওয়ার্থকে একটা অপমানসূচক কথা বলে বসল।

'ইলিংওয়ার্থের মধ্যে যা গুণ ছিল তা সবই শিল্পীসুলভ গুণ, আর তার প্রবৃত্তিগুলি ছিল কোমল। কিন্তু আজ অ্যানাবেলার সামনে এই অপমান সে হজম করতে পারল না। সে ব্রুসকে ডুয়েলে চ্যালেঞ্জ করে বসল। ব্রুসও খুশি মনে সে চ্যালেঞ্জ গ্রহণ করল। ডুয়েলের দিনক্ষণও ঠিক হয়ে গেল—ষোলই অক্টোবর, ভোর ছটা।

'তুমি জান বোধহয় যে যারা ডুয়েল লড়বে তাদের একজন করে সেকেন্ডের দরকার হয় ?'

আমি বললাম, 'জানি। এরা আম্পায়ারের কাজ করে, অর্থাৎ লক্ষ রাখে যে ডুয়েলের নিয়মগুলো ঠিক ভাবে পালিত হচ্ছে কিনা।'

'হ্যাঁ। সচরাচর এই সেকেন্ডটি হয় যে ডুয়েল লড়বে তার বন্ধুস্থানীয় কেউ। লখ্‌নৌ শহরে ইলিংওয়ার্থের পরিচিতের সংখ্যা বেশি না হলেও, সরকারী দপ্তরের

এক কর্মচারীর সঙ্গে তার বেশ আলাপ হয়েছিল। এঁর নাম হিউ ড্রামন্ড। ইলিংয়ার্থ ড্রামন্ডকে অনুরোধ করল এক জোড়া ভালো পিস্তল জোগাড় করে দিতে, কারণ ডুয়েলের নিয়ম অনুযায়ী দুটো পিস্তল ঠিক একরকম হওয়া চাই। এ ছাড়া ইলিংওয়ার্থের দ্বিতীয় অনুরোধ হল ড্রামন্ড যেন তার সেকেন্ডের কাজ করে। ড্রামন্ড রাজি হল। অন্যদিকে ক্যাপ্টেন ব্রুসও তার বন্ধু ফিলিপ মক্সনকে তাঁর সেকেন্ড করলেন।

'ডুয়েলের দিন এগিয়ে এল। এর ফলাফল যে কী হবে সে সম্বন্ধে কারুর মনে কোনো সন্দেহ নেই, কারণ পিস্তলে ক্যাপ্টেন ব্রুসের লক্ষ্য অব্যর্থ, আর ইলিংওয়ার্থ তুলি চালনায় নিপুণ হলেও পিস্তল চালনায় একেবারেই অপটু।'

এই পর্যন্ত বলে সাহেব থামলেন। আমি ব্যগ্রভাবে জিগ্যেস করলুম, 'শেষ পর্যন্ত কী হল ?'

সাহেব মৃদু হেসে বললেন, 'প্রতি বছর যোলই অক্টোবর ভোর ছটায় কিন্তু এই ঘটনার পুনরাবৃত্তি ঘটে।'

'কোথায় ?'

'ঘটনাটা যেখানে ঘটেছিল সেখানে। দিলখুশার পশ্চিমে গুমতী নদীর কাছে একটা মাঠে তেঁতুল গাছের নিচে।'

'পুনরাবৃত্তি মানে ?'

'যা বলছি তাই। ওখানে তরশু ভোর ছটায় গেলে পুরো ঘটনাই চোখের সামনে ঘটতে দেখবে।'

'বলছ কী ! এ তো ভৌতিক ব্যাপার !'

'আমার কথা মানার কোনো বাধ্যবাধকতা নেই। তুমি নিজেই গিয়ে যাচাই করে এসো তিনদিন পরে।'

'কিন্তু আমি কি জায়গাটা ঠিক চিনে যেতে পারব ? আমি ত বেশিদিন হল এখানে আসিনি। লখ্নৌএর ভূগোলটা এখনো—'

'তুমি দিলখুশা চেনো ত ?'

'তা চিনি।'

'দিলখুশার বাইরে আমি পৌনে ছটায় তোমার জন্য অপেক্ষা করব।'

'বেশ। তাই কথা রইল।'

সাহেব বিদায় নিয়ে চলে গেলেন। তারপরই খেয়াল হল যে ভদ্রলোকের নামটাই জানা হয়নি। অবিশ্যি উনিও আমার নাম জিগ্যেস করেননি। যাই হোক, নামটা বড় কথা নয় ; যে কথাগুলো উনি বলে গেলেন সেগুলোই হল আসল। বিশ্বাস হচ্ছিল না যে এই শহরেই এককালে এরকম রোমান্টিক একটা ব্যাপার ঘটে গেছে, এবং আমারই হাতে রয়েছে এক জোড়া পিস্তল যেগুলো এই ঘটনায় একটা বিশেষ ভূমিকা গ্রহণ করেছিল। কিন্তু শেষ পর্যন্ত কার ভাগ্যে জুটল

অ্যানবেলা হাডসন ? এবং আরো একটা প্রশ্ন—এই দুজনের মধ্যে কাকে ভালোবেসেছিল অ্যানাবেলা ?

আশা করি ষোল তারিখের অভিযানেই এইসব প্রশ্নের জবাব মিলবে।

ক্রমে এগিয়ে এল ষোলই অক্টোবর। পনরই রাত্তিরে একটা গানের জলসা থেকে বাড়ি ফিরছি। রাস্তায় দেখা সেই সাহেবের সঙ্গে। বলল, 'তোমার বাড়িতেই যাচ্ছিলাম তোমাকে মনে করিয়ে দেবার জন্য।' আমি বললাম, 'আমি যে শুধু ভুলিনি তা নয়, অত্যন্ত উদ্‌গ্রীব হয়ে আগামীকাল সকালের জন্য অপেক্ষা করে আছি।' সাহেব চলে গেল।

ঘড়িতে অ্যালার্ম দিয়ে ভোর পাঁচটায় উঠে এক কাপ চা খেয়ে গলায় একটা মাফ্‌লার চাপিয়ে নিয়ে একটা টাঙ্গা করে বেরিয়ে পড়লাম দিলখুশার উদ্দেশে। শহরের একটু বাইরে দিলখুশা এককালে ছিল নবাব সাদাত আলির বাগান বাড়ি। চারিদিকে ঘেরা প্রকাণ্ড পার্কে হরিণ চরে বেড়াত। কখনো-সখনো জঙ্গল থেকে এক-আধটা চিতাবাঘও নাকি এসে পড়ত বাড়ির ত্রিসীমানায়। এখন সে বাড়ির শুধু খোলটাই রয়েছে। তবে তার পাশে একটা ফুলবাগিচা এখনো মেনটেন করা হয়, লোকে সেখানে বেড়াতে যায়।

ছটা বাজতে কুড়ি মিনিটে গন্তব্যস্থলে পৌঁছে টাঙ্গাওয়ালাকে বললুম, 'তুমি যদি আধ ঘণ্টা অপেক্ষা কর, তাহলে আমি আবার এই গাড়িতেই বাড়ি ফিরে যেতে পারি।' উর্দুটা ভালো জানা ছিল আগেই, তাই বোধহয় খানদানী আদমি ভেবে টাঙ্গাওয়ালা রাজি হয়ে গেল।

গাড়ি থেকে নেমে কয়েক পা এগোতেই একটা অর্জুন গাছের পাশে দেখি সাহেব দাঁড়িয়ে আছে। বললে সেও নাকি মিনিট পাঁচেক হল এসেছে।

'লেট্‌স গো দেন।'

বললুম, 'চলো সাহেব—তুমিই ত পথ জান, তোমার পিছু নেব আমি।'

মিনিট পাঁচেক হাঁটতেই একটা খোলা মাঠে এসে পড়লুম। দূরে বিশেষ কিছু দৃষ্টিগোচর হয় না, কারণ চারিদিক একটা আবছা কুয়াশায় ঢাকা। হয়ত ডুয়েলের দিনেও ঠিক এমনি কুয়াশা ছিল!

আগাছা আর কাঁটা ঝোপে ঘেরা একটা পোড়ো বাড়ির কাছে এসে সাহেব থামল। দেখেই বোঝা যায় সেটা প্রাচীনকালে কোনো সাহেবের বাড়ি ছিল। অবিশ্যি আমাদের কারবার এই বাড়িটাকে নিয়ে নয়। সেটাকে পেছনে ফেলে আমরা দাঁড়ালাম পূব দিকে মুখ করে। কুয়াশা হলেও বেশ স্পষ্ট দেখা যাচ্ছে সামনে কিছু দূরে রয়েছে একটা তেঁতুল গাছ, আর তার ডাইনে আমাদের থেকে হাত চল্লিশেক দূরে রয়েছে একটা বেশ বড় ঝোপ। আর সব কিছুর পিছন দিয়ে বয়ে চলেছে গুমতী নদী। নদীর পিছনে কুয়াশা হলেও, আন্দাজ করা যায়

ওদিকটায় বসতি নেই। সব মিলিয়ে অত্যন্ত নিরিবিলি পরিবেশ।

'শুনতে পাচ্ছ?' সাহেব হঠাৎ জিগ্যেস করল।

কান পাততেই শুনতে পেলুম। ঘোড়ার খুরের শব্দ। গাটা যে ছমছম করছিল না তা বলতে পারি না। তবে তার সঙ্গে একটা অভিনব অভিজ্ঞতার চরম প্রত্যাশা।

এইবার দেখলুম দুই অশ্বারোহীকে। আমাদের বাঁ দিকে বেশ দূর দিয়ে এসে তেঁতুল গাছটার নিচে দাঁড়াল।

'এরা দুজনেই কি লড়বেন?' আমি ফিসফিসিয়ে জিগ্যেস করলুম।

সাহেব বলল, 'দুজন নয়, একজন। দুজনের মধ্যে লম্বাটি হলেন জন ইলিংওয়ার্থ, অর্থাৎ যিনি চ্যালেঞ্জ করেছেন। অন্যজন ইলিংওয়ার্থের সেকেন্ড ও বন্ধু, হিউ ড্রামন্ড। ওই দেখ ড্রামন্ডের হাতে সেই মেহগ্যানি বাক্স।

সত্যিই ত! এবার বুঝলুম আমার রক্ত চলাচল দ্রুত হতে শুরু করেছে। আমি যে দেড়শ বছর আগের একটি ঘটনা আজ ১৯৫০ সালে লখ্‌নৌ শহরে দাঁড়িয়ে দেখতে চলেছি, সেই চিন্তা আমার হৃৎস্পন্দন বাড়িয়ে দিয়েছে।

মিনিট খানেকের মধ্যেই দুটো ঘোড়ায় ক্যাপ্টেন ব্রুস ও তাঁর সেকেন্ড ফিলিপ মক্সন এসে পড়লেন। তারপর ড্রামন্ড বাক্স থেকে পিস্তল দুটো বার করে তাতে গুলি ভরে ব্রুস ও ইলিংওয়ার্থের হাতে দিয়ে তাদের যেন কি সব বুঝিয়ে দিলেন।

পিছনের আকাশ গোলাপী হতে শুরু করেছে, গুমতীর জলে সেই রং প্রতিফলিত।

ব্রুস ও ইলিংওয়ার্থ এবার পরস্পরের মুখোমুখি দাঁড়ালেন। তারপর মুখ ঘুরিয়ে দুজনেই গুণে গুণে চোদ্দ পা হেঁটে গিয়ে আবার দাঁড়িয়ে পিছন ফিরে মুখোমুখি হলেন।

এতক্ষণ পর্যন্ত কোনো শব্দ শুনতে পাইনি, কিন্তু এবার দুই প্রতিদ্বন্দ্বী পিস্তল উঁচিয়ে পরস্পরের দিকে তাক করার পর স্পষ্ট কানে এল ড্রামন্ডের আদেশ—

'ফায়ার!'

পরমুহূর্তেই শুনলাম এক সঙ্গে দুই পিস্তলের গর্জন।

আশ্চর্য হয়ে দেখলাম যে ব্রুস ও ইলিংওয়ার্থ দুজনের দেহই একসঙ্গে মাটিতে লুটিয়ে পড়ল।

সেই সঙ্গে আরেকটি দৃশ্য আমাকে আরো অবাক করে দিল। যেই ঝোপটার কথা বলছিলাম, সেটার পিছন থেকে এক মহিলা ছুটে বেরিয়ে কুয়াশায় অদৃশ্য হয়ে গেলেন।

'ফলাফল ত দেখলে,' বলল সাহেব। 'এই ডুয়েলে দুজনেরই মৃত্যু হয়েছিল।'

বললাম, 'তা ত বুঝলাম, কিন্তু ঝোপের পিছন থেকে একজন মহিলা বেরিয়ে চলে গেলেন, তিনি কে?'

'দ্যাট ওয়াজ অ্যানাবেলা।'

'অ্যানাবেলা!'

'ইলিংওয়ার্থের গুলিতে ক্যাপ্টেন ব্রুস মরবে না এটা অ্যানাবেলা বুঝেছিল—অথচ ওর দরকার ছিল যাতে দুজনেই মরে। তাই সে আর ঝুঁকি না নিয়ে "ফায়ার" বলার সঙ্গে সঙ্গে নিজেই পিস্তল দিয়ে ব্রুসকে মারে। ইলিংওয়ার্থের গুলি ব্রুসের গায়ে লাগেইনি।'

'কিন্তু অ্যানাবেলার এই আচরণের কারণ কী?'

'কারণ সে ওই দুজনের একজনকেও ভালাবাসেনি। ও বুঝেছিল ইলিংওয়ার্থ মরবে, এবং ব্রুস বেঁচে থেকে ওকে বিরক্ত করবে। সেটা ও চায়নি, কারণ সে আসলে ভালোবাসত আরেকজনকে—যাকে সে পরে বিয়ে করে এবং যার সঙ্গে সে সুখে ঘর করে।'

আমার চোখের সামনে দেখতে পাচ্ছি যে দেড়শ বছরের পুরোনো ডুয়েলের দৃশ্য দ্রুত মিলিয়ে আসছে। কুয়াশাও যেন আরো ঘন হচ্ছে। আমি আশ্চর্য মহিলা অ্যানাবেলার কথা ভাবছি, এমন সময় একটা নারীকণ্ঠ শুনতে পেয়ে চমকে উঠলাম।

'হিউ! হিউই!'

'অ্যানাবেলা ডাকছে,' বললেন সাহেব।

আমার দৃষ্টি এবার সাহেবের দিকে ঘুরতেই শরীরের মধ্যে দিয়ে একটা বিস্ময় ও আতঙ্কের শিহরণ খেলে গেল। এ কাকে দেখছি চোখের সামনে? এর পোশাক বদলে গেল কি করে?—এ যে সেই দেড়শ বছর আগের পোশাক!

'তোমাকে আমার পরিচয় দেওয়া হয়নি,' বলল সাহেব; তার গলার স্বর যেন বহুদূর থেকে ভেসে আসছে।—'আমার নাম হিউ ড্রামণ্ড। ইলিংওয়ার্থের বন্ধুকেই ভালোবাসত অ্যানাবেলা। গুড বাই...'

আমি মন্ত্রমুগ্ধের মতো দেখলাম সাহেব ওই পোড়ো বাড়িটার দিকে অগ্রসর হয়ে কুয়াশার মধ্যে মিলিয়ে গেল।

টাঙ্গা করে বাড়ি ফিরে মেহগ্যানির বাক্সটা খুলে পিস্তলদুটো আরেকবার বার করলাম। নলে হাত পড়তে গরম লাগল। এবার নলের মুখটা নাকের কাছে আনলাম। টাটকা বারুদের গন্ধ।

ধুমলগড়ের হান্টিং লজ

'মাথায় অনেকরকম উদ্ভট শখ চাপে মানুষের', বললেন তারিণীখুড়ো, 'কিন্তু আমার যেমন চেপেছে, তেমন কজনের চাপে জানি না।'

আমরা পাঁচজন ঘিরে বসেছি খুড়োকে। বাইরে এক পশলা বেশ ভালো বৃষ্টি হয়ে গিয়ে এখন সেটা অবিরাম ঝিরঝিরে বৃষ্টিতে দাঁড়িয়েছে। আষাঢ় মাস, তার উপর লোড শেডিং, টিম টিম করে দুটো মোমবাতি জ্বলছে, দেয়ালে আমাদের সকলের প্রকাণ্ড প্রকাণ্ড ছায়া পড়েছে—সব মিলিয়ে তারিণীখুড়োর গল্প শোনার পক্ষে আইডিয়াল পরিবেশ। খুড়োর মতে তাঁর গল্পগুলো সবই সত্যি। এব্যাপারে গ্যারাণ্টি দেবার সাধ্যি আমার নেই, তবে গল্পগুলো যে রংদার তাতে কোনো সন্দেহ নেই, আর তারিণীখুড়োর যে গত চল্লিশ বছর ধরে সারা ভারতবর্ষ ঘুরে নানারকম অভিজ্ঞতা হয়েছে সে কথা বাবা আমাদের বলেছেন, কাজেই সেটা অবিশ্বাস করার কোনো কারণ নেই।

ন্যাপলা বলেই বসলো, 'আজ কিন্তু ভূতের গল্পের মতো আর কোনো গল্প জমবে না।'

তারিণীখুড়ো ইস্কুল মাস্টারি ঢং-এ বললেন, 'ভূত সচরাচর চার প্রকার হয়। এক, অশরীরী আত্মা, যাকে চোখে দেখা যায় না ; দুই ছায়ামূর্তি ; তিন, নিরেট ভূত—দেখলে মনে হবে জ্যান্ত মানুষ, কিন্তু চোখের সামনে ভ্যানিশ করে যাবে ; আর চার, নরকঙ্কাল—যদিও সে কঙ্কাল চলে ফিরে বেড়ায় এবং কথা বলে। আমার চাররকম ভূতেরই অভিজ্ঞতা হয়েছে।'

'আজ কোন প্রকার ভূতের গল্প বলছেন আপনি ?' ন্যাপলা প্রশ্ন করল।

সে কথায় কান না দিয়ে, দুধ-চিনি ছাড়া গরম চায়ে একটা চুমুক দিয়ে খুড়ো তাঁর গল্প শুরু করলেন।

তোরা তো পত্রিকা-টত্রিকা পড়িস, নিশ্চয়ই লক্ষ করেছিস যে আজকাল

সাক্ষৎকারের একটা হিড়িক পড়েছে। খেলোয়াড়ের সাক্ষাৎকার, আর্টিস্ট গাইয়ে বাজিয়ে নাচিয়ে ফিল্মস্টার—সকলেরই সাক্ষাৎকার, আর এই সব নাম-করা লোকের মনের কথা তাদের নিজের মুখে শুনে পাঠকও আহ্লাদে আটখানা। আমি যখনকার কথা বলছি—সিক্সটি ফোর—আমার বয়স তখন চল্লিশের ঘরে—তখনও এ-ব্যাপারটা তেমন চালু ছিল না। আমি তখন ডেকান হেরাল্ড কাগজের রিপোর্টার। ব্যাঙ্গালোরে থাকি, খবরের ধান্দায় চরকি ঘুরতে হয়। বিপদের তোয়াক্কা করি না বলে দাঙ্গা খুনখারাপী অগ্নিকাণ্ড—এই সব বেয়াড়া ঘটনা রিপোর্ট করতে আমাকে পাঠানো হয়।

এই সময় ডেকান হেরাল্ডেরই ফাইল ঘাঁটতে ঘাঁটতে বছর সাতেকের পুরোন একটা লেখা চোখে পড়ল। লেখক এক সাহেব—নাম রবার্ট ম্যাকার্ডি। লেখার বিষয় হল ধুমলগড়ের হান্টিং লজ। ধুমলগড় মধ্যপ্রদেশের একটা ছোট্ট শহর, চাঁদা থেকে সত্তর কিলোমিটার পশ্চিমে। চারিদিকে জঙ্গল, আর সেই জঙ্গলেরই একটা অংশে একটা টিলার উপর রাজার হান্টিং লজ বা শিকারাবাস—দিব্যি আরামে রাত্রিবাস করা যায় এমন একটা বাড়ি, আবার তার খোলা ছাতে বসে জন্তুজানোয়ারও মারা যায়। ভারতবর্ষের বহু প্রদেশে বহু মৃগয়াপ্রিয় রাজাদের এইরকম হান্টিং লজ আছে ; ম্যাকার্ডি সাহেব এইগুলো স্টাডি করতেই ভারতবর্ষে এসেছিলেন।

ধুমলগড়ের হান্টিং লজে গিয়ে তিনি আবিষ্কার করেন যে লজটি 'হণ্টেড'। অর্থাৎ সেখানে একটি প্রেতাত্মা বাস করে। ম্যাকার্ডি খবর নিয়ে জানেন যে ওই হান্টিং লজেই ধুমলগড়ের বড়কুমার আদিত্যনারায়ণের মৃত্যু হয়। ছোটকুমার প্রতাপনারায়ণ সেটা ভেরিফাই করে।

লেখাটা পড়ার পর থেকেই আমার মাথায় একটা অদ্ভুত ফন্দি ঘুরতে লাগল। এটা আমার বিশ্বাস—এবং অনেকেরই বিশ্বাস যে মানুষ মরে গেলে ভূত হয় তখনই যখন মৃত্যুটা স্বাভাবিক না হয়ে হয় অপঘাত জাতীয় কিছু। খুন, আত্মহত্যা, বাজ পড়ে মরা, মোটর ক্র্যাশে মরা, জলে ডুবে মরা, হিংস্র জানোয়ারের হাতে মরা—এ সব ক্ষেত্রেই মৃত ব্যক্তির আত্মার টেনডেন্সি হয় যে তল্লাটে মৃত্যু হয়েছে তারই আশেপাশে ঘোরাফেরা করা—যেন সে অকালে প্রাণ হারিয়ে পৃথিবীর মায়া কাটাতে পারছে না।

ডেকান হেরাল্ডের পুরোন ফাইলেই জানতে পারলাম যে দশবছর আগে ধুমলগড়ের বড় কুমার আদিত্যনারায়ণ হান্টিং লজে বন্দুক সাফ করার সময়ে অকস্মাৎ গুলি ছুটে গিয়ে মারা যান। অবিশ্যি মৃত্যুটা আত্মহত্যাও হতে পারে, কিন্তু সঠিক জানার কোনো উপায় ছিল না, অপঘাত ঠিকই, আর তাই প্রেতাত্মার উপস্থিতিতে আশ্চর্য হবার কিছু নেই।

আমার মনে হল, এই প্রেতাত্মার দেখা পেলে তার একটি সাক্ষাৎকার নিলে

কেমন হয় ? কী কারণে সে পৃথিবীর মায়া কাটিয়ে উঠতে পারছে না সেটা জানা যাবে কি ? কীভাবে তার মৃত্যু হয়েছিল তার সঠিক বর্ণনা পাওয়া যাবে কি ? তার অতৃপ্ত বাসনা কিছু আছে কি এবং সে বাসনা পূর্ণ হলেই কি সে পৃথিবীর মায়া ত্যাগ করে পরলোকে প্রস্থান করতে পারবে ?

আমার কাগজের সম্পাদক জগন্নাথ কৃষ্ণানকে বলে সাতদিনের ছুটি নিয়ে ধুমলগড় পাড়ি দিলাম। যারা অন্ধকার ঘরে টেবিলের চারপাশে ঘিরে বসে প্ল্যানচেট করে, তারাও প্রেতাত্মার সঙ্গে কথোপকথন চালায়, কিন্তু সেটা হয় একটি তৃতীয় ব্যক্তির মাধ্যমে, যাকে বলে মিডিয়াম। এখানে ভূতকে দেখা যায় না, ফলে মিডিয়াম যদি খাঁটি না হয় তাহলে বুজরুকির অনেক সুযোগ থাকে। প্ল্যানচেটে তাই আমার বিশ্বাস নেই। তবে ভূতে বিশ্বাস আছে কারণ তোরা ত জানিস, ভূতের অভিজ্ঞতা আমার নিজেরই অনেকবার হয়েছে।

ধুমলগড়ের ছোটকুমার প্রতাপনারায়ণ এখন গদীতে বসেছে, কারণ বাপ শঙ্করনারায়ণ মারা গেছেন বছর পাঁচেক হল। বড় ছেলে আদিত্য হান্টিং লজে মারা যাওয়ায় বাপের সম্পত্তি ও সিংহাসন ছোটকুমারই পেয়েছে।

এস্টেটের ম্যানেজারকে আগেই চিঠি লিখে আমার আসার কথা জানিয়ে দিয়েছিলাম। ধুমলগড় পৌঁছে ভদ্রলোকের সঙ্গে দেখা করে আমার অভিপ্রায় জানালাম। ম্যানেজার ঈশ্বরীপ্রসাদ বললেন যে একবার রাজার সঙ্গে কথা বলে নেওয়া দরকার। সকলকে হান্টিং লজে ঢুকতে দেওয়া হয় না।

ঈশ্বরীপ্রসাদই রাজার সঙ্গে একটা অ্যাপয়েন্টমেন্ট করিয়ে দিল। রাজার সুসজ্জিত আপিসঘরে সকালে প্রতাপনারায়ণের সঙ্গে দেখা করলাম। বয়স চল্লিশের বেশি না, চাড়া দেওয়া গোঁফ, শরীরে চর্বি যেন একটু বেশি। পোশাক একেবারে সাহেবী ধরনের, তার সঙ্গে দুহাতের আঙুলের আংটির বহর কেমন যেন বেমানান।

রাজাসাহেব আমাকে আসার কারণ জিগ্যেস করাতে অকপটে তাকে সব বলে দিলুম। রাজা শুনে বললেন, এ তোমার খুবই উদ্ভট শখ তাতে কোনো সন্দেহ নেই। তবে আমায় জিগ্যেস করলে আমি বলব যে আমার দাদা লজে ভূত হয়ে অবস্থান করছেন এটা আমি মোটেই বিশ্বাস করি না। ভূত জিনিসটাতেই আমি বিশ্বাস করি না। আর সে ভূত থাকলেও সে তোমার সঙ্গে কথা বলবে, তোমার প্রশ্নের জবাব দেবে, এমন আশা করাটাই বোধ হয় ঠিক না।'

আমি তখন ম্যাকার্ডি সাহেবের কথা বললাম। প্রতাপনারায়ণ বলল, 'ম্যাকার্ডির ধারণা ভারতবর্ষ হচ্ছে ভূত-প্রেতের ডিপো। তাকে বলে বোঝাতে পারিনি যে এ ধারণা ভুল। পোড়োবাড়ি দেখলেই সাহেব সেটাকে ভূতের বাড়ি বলে ধরে নিত। সাহেবের পুরো ব্যাপারটাই কল্পনাভিত্তিক।'

আমি বললাম, 'তাও একবার যাচাই করতে ক্ষতি কী ? এতদূর যখন এসেছি,

তখন, কোনোরকম অনুসন্ধান না করেই ফিরে যাব ?'

আমার গোঁ দেখে প্রতাপনারায়ণ শেষ পর্যন্ত রাজি হলেন। রাজবাড়ি থেকে হান্টিংলজের দূরত্ব দেড় মাইল। পাতলা জঙ্গলের মধ্যে দিয়ে সাপের মতো অ্যাঁকাব্যাঁকা রাস্তা দিয়ে নাকি সেখানে পৌঁছাতে হয়। ঈশ্বরীপ্রসাদকে বলে রাজা আমার জন্য একটা জীপের বন্দোবস্ত করে দিলেন। সেটা আমাকে রাত দশটা নাগাৎ পৌঁছে দিয়ে আবার ভোরবেলা গিয়ে নিয়ে আসবে।

বিকেলে ঈশ্বরীপ্রসাদের সঙ্গে বসে একটু আলাপ আলোচনা করলাম। লোকটা অনেকদিন ম্যানেজারি করছে, বয়স সত্তরের কাছাকাছি। দুই কুমারকেই সে ছেলেবেলা থেকে বড় হতে দেখেছে। বলল দুই ভাইয়ের স্বভাবচরিত্রে অনেক বেমিল থাকলেও দুজনের মধ্যে বেশ হৃদ্যতা ছিল। দাদার মৃত্যুতে প্রতাপনারায়ণ খুবই বিচলিত হয়ে পড়েছিল। আত্মহত্যার কোনো কারণ ছিল না। ঈশ্বরীপ্রসাদ নিজেও খুবই আঘাত পেয়েছিল। বড়কুমার এভাবে অকস্মাৎ মরবে সেটা সে স্বপ্নেও ভাবতে পারে নি। শিকারী হিসাবে সে ছিল খুব পাকা। হাত ফসকে গুলি ছুটে গিয়ে নিজের গায় লাগবে সেটা বিশ্বাস করা খুব কঠিন।

আমি জিগ্যেস করলাম, 'বড়কুমারের মৃত্যুর ব্যাপারে কোনো তদন্ত হয়েছিল কি ?'

ঈশ্বরীপ্রসাদ বললেন, 'পুলিশ ইন্‌স্‌পেক্টর মহাদেব দেওয়ান তদন্ত করেছিলেন। তাঁর ধারণা—এটা অপঘাত মৃত্যু ছাড়া আর কিছুই না। কারণ আদিত্যনারায়ণের হাতে বন্দুক ছিল, এবং তার ডান হাতের তর্জনী বন্দুকের ট্রিগারের সঙ্গে লাগানো ছিল। কাজেই আত্মহত্যা বা অ্যাক্সিডেন্ট্‌ দুটোই সম্ভব। আসলে কী হয়েছিল তা বলা মুশকিল।'

'বর্তমান রাজা প্রতাপনারায়ণ কি শিকার করেন ?' আমি জিগ্যেস করলাম।

'না', বললেন ঈশ্বরীপ্রসাদ। 'ছোটকুমার চিরকালই একটু আয়েশী প্রকৃতির। খেলাধূলা বা শিকার-টিকারে তাঁর ঝোঁক নেই। সে গান-বাজনা নিয়ে থাকে। তাকে হান্টিং লজে যেতে হয় না কখনো।'

রাত্রে লক্ষ্মীবিলাস হোটেলে চাপাটি আর মুরগীর মাংস খেয়ে, খাতা পেনসিল নিয়ে তৈরি হয়ে নিলাম। সেদিন ছিল পূর্ণিমা। আকাশে টুকরো টুকরো মেঘ দ্রুত ভেসে যাবার পথে মাঝে মাঝে চাঁদটাকে আড়াল করছে। পৌনে দশটায় জীপ এসে গেল, আমি হান্টিং লজের উদ্দেশ্যে রওনা দিলাম।

মিনিট খানেকের মধ্যেই শহর পিছনে ফেলে জীপ জঙ্গলের পথ ধরল, আর তার দশমিনিট পরেই একটা দোতলা বাড়ির গাড়ি বারান্দার তলায় এসে জীপটা থামল। অর্থাৎ হান্টিং লজে এসে গেছি। বুঝতে পারলাম বাড়ির পিছন দিকের জমিটা ঢালু হয়ে জঙ্গলের দিকে নেমে গেছে।

জীপের ড্রাইভার গুরমীত সিং বলল যে দরকার হলে সে সারারাত থাকতে

পারে। প্রস্তাবটা আমার ভালো লাগল না। পরিবেশ যত নিরিবিলি হয়, ভূতের আবির্ভাবের সম্ভাবনা তত বেড়ে যায়। বললুম, 'তুমি এখন যাও, কাল ভোরে ছটায় এসে আমাকে নিয়ে যেও।' জীপ চলে গেল।

আমি চারপাশটা একবার চোখ বুলিয়ে দেখে নিলুম। একটা টিলার মাথাটা চেঁছে সমতল করে তার উপর তৈরি হয়েছে হান্টিং লজটা। পাথরের তৈরি মোগলাই প্যাটার্নের বাড়ি, বয়স নাকি দেড়শ বছর।

পাঁচ ধাপ সিঁড়ি উঠে সদর দরজা দিয়ে ভিতরে ঢুকে জানালা দিয়ে আসা ফিকে চাঁদের আলোয় দেখলাম কার্পেট বিছানো এক সুদৃশ্য বৈঠকখানায় এসে পড়েছি। চারিদিকে আসবাবের ছড়াছড়ি, দেয়ালে টাঙানো স্টাফ্ করা বাইসন হরিণ বাঘ-ভাল্লুকের মাথা। বৈঠকখানার পরে একটা চওড়া বারান্দা, তার ডানদিকে দোতলায় ওঠার সিঁড়ি। আন্দাজ করলুম সিঁড়ি দিয়ে উঠলেই খোলা ছাতে পৌঁছান যাবে। সেখান থেকে বাড়ির পিছনের জঙ্গল দেখা যায়, আর সেখানেই বড় কুমারের মৃত্যু হয়েছিল।

মূর্খের মত টর্চটা সঙ্গে আনিনি। চাঁদের আলো আছে ঠিকই, কিন্তু সে আর সব জায়গায় প্রবেশ করবে কি করে? তখন আমার চুরুট খাওয়া অভ্যেস। দেশলাই-এর আলোতে সিঁড়ি দিয়ে উঠে দোতলায় পৌঁছলুম।

যা ভেবেছিলুম তাই। একপাশে পশ্চিমদিকে খোলা ছাত, তার নিচু পাঁচিলের ধারে গিয়ে দাঁড়ালেই সামনে ঢালু জমির ওপারে গভীর জঙ্গল শুরু হয়েছে। একবার মনে হল যেন বাঘের ডাকও শুনতে পেলুম জঙ্গলের দিক থেকে।

ছাত ছাড়াও একটা বড় ঘর রয়েছে নিচের বৈঠকখানার ঠিক ওপরে। এখানে একটা ফরাস পাতা দেখে বুঝলুম যে শিকারীর যদি ঘুম পায় তাই এই ব্যবস্থা। ঘরের দেয়ালে বড় বড় অয়েল পেন্টিং, তার বেশির ভাগই মনে হল এই পরিবারের পূর্বপুরুষদের ছবি। ফরাসের পাশে একটা আরাম কেদারা ছাড়া আরো কয়েকটা ছোট ছোট সোফা রয়েছে।

আমি আরাম কেদারায় বসে একটা চুরুট ধরালুম। পকেট থেকে নোট বই বার করে চেয়ারের হাতলে রাখলুম। শর্টহ্যান্ড লেখার অভ্যাস আছে, দরকার হলে অন্ধকারে লিখতেও কোনো অসুবিধে হবে না। আরেকটা জিনিস আমার কাছে ছিল সেটা হল এক ফ্লাস্ক ভর্তি গরম চা। নভেম্বর মাস, বেশ শীত, ফ্লাস্কের ঢাকনায় চা ঢেলে খেয়ে শরীরটাকে একটু গরম করে নিলুম।

চির-প্রচলিত ধারণা অনুযায়ী আমারও বিশ্বাস ছিল যে ভূতের আবির্ভাব যদি হয়ই, তবে সেটা মাঝরাতে, অর্থাৎ বারোটায়। বাইরে ক্রমে নিস্তব্ধ হয়ে আসছে, তার মধ্যে মাঝেমাঝে শেয়াল গোষ্ঠী কেয়া হুয়া হুয়া করে সরব হয়ে উঠছে। খবরের কাগজের আপিসে কাজ করে রাত জাগার অভ্যেস হয়ে গেছে, তবে এ পরিবেশ কেমন যেন ঝিম-ধরা। তার উপরে দরজা-জানলা দিয়ে আসা আবছা

চাঁদের আলো ঘরটাকে কেমন যেন একটা স্বপ্নরাজ্যের চেহারা এনে দিয়েছে। তাই বোধহয় ঘাড়টা একবার একটু নুয়ে পড়েছিল, এমন সময় একটা ব্যাপারে সজাগ হয়ে উঠলুম।

আমার ষষ্ঠ ইন্দ্রিয় বলছে ঘরে একটি নতুন ব্যক্তির আবির্ভাব ঘটেছে।

আমি ছাতের দরজার দিকে দৃষ্টি ঘোরালাম।

সমস্ত দরজা জুড়ে দাঁড়িয়ে রয়েছে একটি ছায়ামূর্তি।

মূর্তি নিঃশব্দে প্রবেশ করে ধীরপদে এগিয়ে এসে ঘরের মাঝখানে দাঁড়াল। মুখ বোঝার উপায় নেই, আন্দাজে বোঝা যায় পরনে শিকারীর পোশাক।

'তোমার কী প্রয়োজন?' ইংরাজীতে গম্ভীর কণ্ঠে প্রশ্ন এল।

'আমি কি ধুমলগড়ের বড়কুমারের সঙ্গে কথা বলছি?'

'হ্যাঁ', আবার সেই গম্ভীর কণ্ঠস্বর।

বললাম, 'আমি আপনার সঙ্গেই সাক্ষাৎ করতে এসেছি।'

'কী প্রয়োজনে?'

'আমি একজন সাংবাদিক। আপনাকে দুএকটা প্রশ্ন করতে চাই।'

'কী প্রশ্ন?'

'প্রথম হল—আপনি কেমন আছেন?'

উত্তর এল, 'মৃত ব্যক্তির আত্মা কেমন আছে সেটা কোনো প্রশ্ন নয়।'

'তাহলে দ্বিতীয় প্রশ্ন করছি।'

'করুন।'

'আপনার কি কোনো অতৃপ্ত বাসনা আছে, যে কারণে আপনি এই হান্টিং লজ থেকে মুক্তি পাচ্ছেন না?'

'মোটেই না। আমার আয়ু আমার জন্মের মুহূর্তেই নির্ধারিত হয়ে গিয়েছিল। আমি জানতাম আমার মৃত্যু হবে সাতই অগ্রহায়ণ, আমার বত্রিশ বছর বয়সে। আমি এই মৃত্যুর জন্য সম্পূর্ণ প্রস্তুত ছিলাম, এবং মৃত্যুর আগে আমার সব সাধ মিটিয়ে নিয়েছিলাম। অবিশ্যি কী ভাবে যে মরব সেটা আগে থেকে জানা ছিল না।'

বলা বাহুল্য, আমি সব কিছুই শর্টহ্যান্ডে লিখে নিচ্ছি।

এবার প্রশ্ন করলাম, 'আপনি তাহলে আত্মহত্যা করেননি?'

উত্তর এল, 'না। আমার মৃত্যু হয় অকস্মাৎ আমার নিজের অসাবধানতা হেতু। আমি বন্দুক সাফ করছিলাম, কিন্তু সে বন্দুকে যে টোটা ছিল সেটা আমি—'

প্রেতাত্মার কথা হঠাৎ থেমে গেছে, কারণ তার কথা ছাপিয়ে আরেকটা গম্ভীর কণ্ঠস্বর শোনা গেছে।

'মিথ্যা কথা!'

আমি ত থ ! এ আবার কার কণ্ঠস্বর ? কোন তৃতীয় ব্যক্তি এসে ঢুকল ঘরে ?

আমার দৃষ্টি আবার দরজার দিকে ঘুরে গেছে। হ্যাঁ, দরজার মুখে দণ্ডায়মান আরেকটি মূর্তি। যদিও আমি নিজের সাহসের বড়াই করি, কিন্তু যখন দেখলাম এই দ্বিতীয় মূর্তিটি নিরেট নয়, এর পাঁজরের হাড়ের ফাঁক দিয়ে ফাঁক দিয়ে পিছনের আকাশ দেখা যাচ্ছে, তখন গলাটা যে একটু শুকিয়ে যায়নি, তা বলব না। আসলে আগন্তুক একটি নরকঙ্কাল এবং আরো আশ্চর্য এই যে এই কঙ্কালের হাতে একটি বন্দুক।

এবার কঙ্কাল ধীরে ধীরে এগিয়ে এল প্রথম মূর্তির দিকে। এদিকে প্রথম মূর্তি যেন সভয়ে পিছিয়ে যেতে শুরু করেছে দেয়ালের দিকে। আমি মন্ত্রমুগ্ধের মতো দেখছি এই ছায়াছবি। 'মিথ্যে কথা !' আবার সজোরে বলে উঠলো কঙ্কাল। 'আমার মৃত্যু আকস্মিক নয়, আমার অন্যমনস্কতার জন্য নয়। বন্দুক চালাতাম আমি তেরো বছর বয়স থেকে ; আমি অতটা অসাবধান হতে পারি না।'

আমার মন বলছে এই কঙ্কালই আসলে বড়কুমারের প্রেতাত্মা। আমি জিগ্যেস করলাম। 'তাহলে আপনার মৃত্যু হয় কী ভাবে ?'

'আমাকে খুন করা হয়েছিল !' গর্জিয়ে উঠল কঙ্কাল। 'সম্পত্তির লোভে, সিংহাসনের লোভে ! এই অন্যায়ের প্রতিশোধ না নেওয়া পর্যন্ত আমি এই বন্দী অবস্থা থেকে মুক্তি পাচ্ছিলাম না। আজ সেই মুক্তির সুযোগ এসেছে। আজ আমার হত্যার প্রতিশোধ আমি নিজেই নিচ্ছি। পুলিস সন্দেহ করেছিল আমাকে খুন করা হয়েছে। কিন্তু টাকা দিয়ে তাদের মুখ বন্ধ করা হয়েছিল, এই সব পাপের শাস্তি দিবার সুযোগ আজ এসেছে। ইষ্টনাম জপ কর প্রতাপ, তোমার অন্তিমকাল উপস্থিত !'

প্রথম ছায়া মূর্তির ঘর থেকে বাইরে পালাবার চেষ্টা বিফল করে দিল বন্দুকের গর্জন। ফরাসের উপর লুটিয়ে পড়ল প্রথম ছায়ামূর্তির নিস্পন্দ দেহ। সঙ্গে সঙ্গে কঙ্কাল আমাকে উদ্দেশ করে বলে উঠল, 'সত্য ঘটনা প্রকাশ হলে আমি শান্তি পাব। আমার এই উপকার করার জন্য আমি আপনাকে ধন্যবাদ জানাচ্ছি।'

এই কথাটা বলে বন্দুকধারী কঙ্কাল অদৃশ্য হয়ে গেল।

আমি একটা দেশলাই জ্বালিয়ে ফরাসের কাছে গিয়ে ধরতেই প্রথম ছায়ামূর্তির রহস্য উদ্ঘাটিত হল। ইনি ছায়ামূর্তি নন ; ইনি রক্তমাংসের দেহসম্পন্ন সদ্যোমৃত ধূমলগড়ের রাজা প্রতাপনারায়ণ, যিনি আজ থেকে দশ বছর আগে সম্পত্তি আর গদীর লোভে নিজের দাদা আদিত্যনারায়ণকে খুন করে সেটাকে অপঘাত মৃত্যু বলে চালিয়েছিলেন।

এই খুনের অবিশ্যি তদন্ত হয়েছিল, এবং স্বভাবতই তাতে আমাকেও জড়িয়ে পড়তে হয়েছিল। কারণ আমি ছাড়া আর কোন তৃতীয় ব্যক্তি ছিল না প্রতাপনারায়ণের সঙ্গে। অথচ যে অস্ত্র দিয়ে তাকে খুন করা হয়েছে তার কোনো চিহ্ন নেই ত্রিসীমানায়, তাই শেষ পর্যন্ত বেকসুর খালাস পেয়ে গেলাম।

খেলোয়াড় তারিণীখুড়ো

ডিসেম্বরের উনত্রিশে, শীতটা পড়েছে বেশ জাঁকিয়ে। সন্ধেবেলা তারিণীখুড়ো এলেন গলায় আর মাথায় মাফলার জড়িয়ে। 'তোরা মাঠে যাচ্ছিস না খেলা দেখতে ?' তক্তপোষে বসেই প্রশ্ন করলেন খুড়ো, 'নাকি দুধের স্বাদ ঘোলে মেটাবার তাল করছিস ?'

'তার মানে ?' জিগ্যেস করলাম আমি।

'ওই টেলিভিশন আর কি,' বললেন, খুড়ো। 'লোককে ঘরকুনো করার জন্যে অমন জিনিস আর দ্বিতীয় নেই। আমাদের সময়ে খেলা দেখতে হলে টিকিট কেটে মাঠে যেতে হত, আর তার মজাটাই ছিল আলাদা। শীতকালের মিঠে রোদে সবুজ রঙের খোলা বেঞ্চেতে বসে সবুজ ঘাসে ঢাকা মাঠে সাদা পোশাক পরা লোকগুলোর কাণ্ড দেখে দিব্যি সময় কেটে যেত। তার মধ্যে দুটো একটা বাউন্ডারি, ওভার বাউন্ডারি হলে ত কথাই নেই। মনে আছে দিলওয়ার হোসেনের খেলা জার্ডিনের এম সি সি টীমের এগেনস্টে। মাথায় পট্টি—বল লেগে মাথা ফেটে গেছে—তাই নিয়ে খেলছে দিলাওয়ার। স্টাইল-ফাইলের বালাই নেই, ব্যাট ধরেছে যেন কোলা ব্যাঙ ওৎ পেতেছে, কিন্তু কী খেলা খেললে লোকটা ! চৌষট্টি না পঁয়ষট্টি রান্, কিন্তু প্রত্যেকটি রানের দাম লাখ টাকা।'

'সে ত হল, কিন্তু খেলা যদি না জমে ?' বলল সুনন্দ।

'তাতে কী হল ? চার পাশে লোক রয়েছে, তাদের সঙ্গে খোশ গল্প করো ; লাঞ্চ টাইমে মুরগীর কাটলেট আর হ্যাপি বয় আইস ক্রীম। বিকেল যত বাড়ছে সূর্যি তত হেলছে পশ্চিমে, আর গাছের ছায়া লম্বা হয়ে মাঠটাকে ছেয়ে ফেলছে, উত্তরে হাইকোর্ট। ব্যাটে বলে খুটখুটের ফাঁকে ফাঁকে গঙ্গা থেকে স্টীমারের ভোঁ.....আর কত বলব ? সাহেবরা বলে গেছে ইডেনের মতো ক্রিকেটের মাঠ দুনিয়ায় দুটি নেই।'

'আপনার যে ক্রিকেটে এত শখ সে ত অ্যাদ্দিন বলেননি,' বলল ন্যাপলা।

'বলিস কী! আমার হিরো ছিল রণজি। জামসাহেব অফ নওয়ানগর মহারাজা রণজিৎ সিংজী। নওয়ানগরের রাজা, ক্রিকেটেরও রাজা। সাহেবদের চোখ টেরিয়ে যেত কালা আদমির খেলা দেখে। যে সব ভারতীয় বিদেশে গিয়ে দেশের মুখ উজ্জ্বল করেছে তার মধ্যে রণজিই বোধহয় প্রথম।...তবে, শুধু ক্রিকেট কেন? এই পঁয়ষট্টি বছরের জীবনে কোনো খেলাই বাদ দেয়নি এ শর্মা—ডাংগুলি হাডুডু থেকে শুরু করে ব্রিজ-পোকার-দাবা-বিলিয়ার্ড পর্যন্ত। ইস্কুল কলেজে হকি ক্রিকেট ফুটবল রেগুলার খেলতুম। ত্রিশ বছর বয়সে একবার এক সাহেব টীমের এগেনস্টে ক্রিকেট খেলতে হয়েছিল।'

'এম সি সি?' ন্যাপলা জিগ্যেস করল।

'ঠিকই বলেছিস্' বললেন তারিণী খুড়ো, 'তবে এম সি সি-র বিরুদ্ধে নয়, এম সি সি-র পক্ষে। মেরিলিবোন নয়, মার্তন্ডপুর ক্রিকেট ক্লাব, আর বিপক্ষদলের সাহেবরা প্লান্টার্স ক্লাব।'

'কত রান করেছিলেন আপনি?'

'সে বললে ত পুরো গল্পটাই বলতে হয়।'

'তাই বলুন না' বলল ন্যাপলা। 'ভূতের গল্প ত অনেক হল ; আজ খেলার গল্পই হোক।'

'ভূত যে এ গল্পে একেবারেই নেই সেটা অবিশ্যি বললে ভুল হবে।'

'আরেব্বাস!' চোখ গোল গোল করে বলল ন্যাপলা, 'ভূত আর ক্রিকেট—দারুণ কম্বিনেশন!'

চিনি-দুধ ছাড়া চায়ে একটা সশব্দ চুমুক দিয়ে গলার মাফলারটা আরেকটু ভালো করে পেঁচিয়ে নিয়ে তারিণীখুড়ো আরম্ভ করলেন তাঁর গল্প।

উত্তর প্রদেশের উত্তরে হিমালয়ের গায়ে সাড়ে তিন হাজার ফুট এলিভেশনে হল মার্তন্ডপুর শহর। নেটিভ স্টেট্, রাজার বয়স বাহান্ন, নাম বীরেন্দ্রপ্রতাপ সিং। এই রাজার সেক্রেটারির চাকরি আমি পেলুম ভগবানগড়ের রাজার রেকমেন্ডেশনে। রাজাদের সম্বন্ধে যে যাই বলুক না কেন, আমি তাদের কাছ থেকে যে ব্যবহার পেয়েছি তাতে আমি অন্তত তাদের বদনাম করতে পারব না। হতে পারে যে আমার কপাল ছিল ভালো, তেমন বিচ্ছু রাজার সংস্পর্শে আমি আসিনি। সে যাই হোক, মার্তন্ডপুরের রাজা আমাকে যে ভাবে খাতির করলেন তাতে খুশি না হয়ে উপায় নেই। সেক্রেটারির যাবতীয় কাজ ছাড়াও একটা জরুরী কাজ আমার ছিল সেটা হল এই—বীরেন্দ্রপ্রতাপ তাঁর বাপ রাজেন্দ্রপ্রতাপের জীবনী লিখবেন, সেই কাজে তাঁকে সাহায্য করা। রাজেন্দ্রপ্রতাপ ছাত্র-জীবন থেকেই ডায়রি লিখতেন। সেই সব ডায়রি পড়ে তাঁর জীবনের নানান তথ্য বার করে একটা খাতায় নোট করে রাখতে হবে আমাকে।

ঘটনাবহুল জীবন, তাই কাজটা করতে ভালই লাগছিল। এই ডায়রি থেকেই আমি জানতে পারি যে রাজেন্দ্রপ্রতাপের জীবনে ক্রিকেট একটা খুব বড় স্থান অধিকার করেছিল। রাজবাড়ির বিশাল কম্পাউন্ডে একটা ক্রিকেট মাঠ রয়েছে সেটা এসেই দেখেছিলাম। কম্পাউন্ডের অধিকাংশটাই পাহাড় চেঁছে সমতল করে ফেলা হয়েছে। তাতে ফুলের বাগান, ফলের বাগান, তিরতির করে বয়ে যাওয়া সরু নদী, চিড়িয়াখানা, মন্দির, সবই রয়েছে। আর আছে ক্লাব বিল্ডিং সমেত ক্রিকেট গ্রাউন্ড। রাজাকে জিগ্যেস করাতে উনি বলেছিলেন সে মাঠে খেলা হয় শরৎকালে। বড় খেলা একটাই হয়, সেটা হল মার্তন্ডপুর ক্রিকেট ক্লাব ভারসাস প্লান্টার্স ক্লাব। সে খেলা দেখতে নাকি সমতলভূমি থেকেও লোক উঠে আসে। আমি যখন গেছি—নাইনটিন ফর্টি নাইনে—তখনও অনেক সাহেব প্লান্টার থাকে ওই অঞ্চলে। তারা সব স্থানীয় চা বাগানের মালিক। তার মধ্যে নাকি জনাচারেক ডাকসাইটে প্লেয়ার আছে যারা তরুণ বয়সে দেশে থাকতে কাউন্টি ক্রিকেট খেলেছে, তারপর ভারতবর্ষে চলে এসেছে ব্যবসা করতে। রাজার টীম নাকি রাজেন্দ্রপ্রতাপের আমলে খুবই ভালো ছিল, কিন্তু এখন আর তেমন নেই। তাই গত দশবছরে একবারও মার্তন্ডপুর জিততে পারেনি। চারদিন ধরে খেলা চলে, মার্তন্ডপুরের পক্ষে রান ওঠে না বলে প্রতিবারই নাকি ইনিংস ডিফিট হয়, তাই সহেবদের এক ইনিংসের বেশি ব্যাটই করতে হয় না।

আমি আসার হপ্তা তিনেকের মধ্যেই রাজা একদিন আমাকে এই বাৎসরিক ম্যাচের কথা বলে বললেন, 'তোমার ত বেশ জোয়ান ছিমছাম সুপুরুষ চেহারা, খেলাধুলোর শখ আছে নাকি?'

আমি বললাম, 'আউটডোর গেমস এককালে খেলেছি; আজকাল তাস, দাবা, বিলিয়ার্ড, এই সব খেলি সুযোগ পেলে।'

তারপরেই রাজা এম সি সি আর প্লান্টার্স ক্লাবের কথাটা বললেন। 'এখানে ভালো ক্রিকেটারের খুব অভাব', বললেন রাজা। 'এককালে এমন ছিল না। আমি নিজে অবশ্য কোনোদিন ক্রিকেট খেলিনি, বাবাই খেলতেন, কিন্তু তখন আমাদের দলকে সাহেবরা রীতিমতো ভয় পেতো। এখন ব্যাপারটা উল্টে গেছে। অথচ এমনই ট্র্যাডিশনের জোর যে বাৎসরিক ম্যাচটা না খেললেই নয়। আর ত একমাস আছে; এবার তুমিও লেগে পড়।'

আমি বাধ্য হয়ে বললাম যে আমার প্র্যাকটিস নেই; কিন্তু রাজা কথাটা কানেই নিলেন না। বললেন, 'এই একমাসে প্র্যাকটিসের ঢের সুযোগ পাবে। তোমাকে গান্ অ্যান্ড মূর কোম্পানির একটা ভালো বিলিতি ব্যাট দিচ্ছি, বাবা এনেছিলেন বিলেত থেকে, তাঁর এক বন্ধুর কাছ থেকে পাওয়া। কাজের ফাঁকে ফাঁকে একটু হাত চালিয়ে নাও। তোমার কি বোলিং আসে নাকি?'

বাধ্য হয়ে বললুম যে ওদিকে আমার কোনোদিনও ঝোঁক ছিল না। ফাইভ

ডাউন, সিক্স ডাউন নামতুম আর ব্যাটিং-ই করতুম। তবে ইয়াং বয়সের সে ফর্ম ফিরে পাবার আশা বৃথা। সেটাও জানিয়ে দিলুম। রাজা অবিশ্যি একথাতেও কান দিলেন না। বললেন, 'আমার সঙ্গে এস, তোমাকে ব্যাটটা দিয়ে দিই।'

প্রাসাদের দক্ষিণভাগে একটা বিশেষ ঘরে গেলুম রাজার সঙ্গে। এই ঘরটা হল যাকে বলে ট্রোফি রুম। বীরেন্দ্রপ্রতাপ ভালো শিকারি, তাঁর মারা বাঘ ভাল্লুক বাইসন হরিণের স্টাফ করা দেহ আর মাথা রয়েছে এই ঘরে। এছাড়া রয়েছে এক আলমারি বোঝাই কাপ আর মেডেল, তার মধ্যে বেশির ভাগই রাজেন্দ্রপ্রতাপের পাওয়া, আর বাকি পেয়েছেন বর্তমান রাজা তাঁর স্কোয়াশ খেলায় কৃতিত্বের জন্য।

এরই পাশে একটা আলমারিতে রয়েছে কিছু টেনিস র‍্যাকেট, স্কোয়াশ র‍্যাকেট, মাছ ধরার ছিপ, আর বিভিন্ন খেলার সময় পরার জন্য রকমারি ক্যাপ। কিন্তু ক্রিকেট ব্যাট ত-কোথাও দেখছি না। রাজাকে জিগ্যেস করাতে বললেন, 'ওটা ছিল রাজার খুব সাধের সম্পত্তি, তাই যেমন-তেমন ভাবে রাখা নেই।'

এই বলে একটা আলমারির তলার দিকের দেরাজ খুলে তার থেকে টেনে বার করলেন খবরের কাগজে মোড়া ব্যাটটা। সেটা দিয়ে অনেক খেলা হলেও এখনো বেশ ব্যবহার্য অবস্থায় রয়েছে।

'হাতে নিয়ে দেখ।'

নিলুম, আর নিতেই কেমন যেন ম্যাজিকের মতো বয়সটা দশবছর কমে গেল। মনে পড়ল যত খেলা আমি খেলেছি তার মধ্যে নিঃসন্দেহে আমার সবচেয়ে প্রিয় ছিল ক্রিকেট। বার চারেক হাঁকড়াবার ভঙ্গিতে হাত চালিয়ে ফস করে বলে দিলুম আমি রাজার দলের হয়ে সাহেবদের বিরুদ্ধে খেলতে রাজি আছি। রাজা হ্যান্ডশেকের জন্য তাঁর ডান হাতটা বাড়িয়ে দিলেন আমার দিকে।

* * * *

দিন তিনেকের মধ্যে এম সি সি টীমের সব খেলোয়াড়ের সঙ্গে আলাপ হয়ে গেল। ক্যাপটেন হচ্ছেন সুন্দরলাল গুপ্তে, দিল্লীর লোক, বয়স আমারই মতো। অন্য খেলোয়াড়দের কাউকেই দেখে বিশেষ ভরসা হয় না। এটুকু জোর দিয়ে বলতে পারি যে আমার চেহারা এবং স্বাস্থ্য এদের সকলের চাইতে ভালো।

দুদিন মাঠে নেমে ঠুকঠাক করলুম, দেখলুম দিব্যি হাত চলছে, দৃষ্টি পরিষ্কার, মাথা ঠান্ডা। সুন্দরলাল খুব খুশি হলেন।

কিন্তু তিনদিনের দিন বিধি বাদ সাধলেন। সকালে উঠে দু চারটে হাঁচি হল, আর দুপুর হতে না হতে তেড়ে জ্বর। ইনফ্লুয়েঞ্জা। তখন মিক্সচারের যুগ, ডাক্তার পান্ডে এসে প্রেস্‌ক্রিপশন লিখে দিলেন, তাও সাতদিনের আগে জ্বর ছাড়ল না। আট দিনের দিন বিছানা ছেড়ে উঠে বুঝতে পারলুম দেহের শক্তি অর্ধেক হয়ে

গেছে। আগেও ফ্লু হয়েছে, জানি দুর্বল করে দেয়, কিন্তু কথা হচ্ছে—পনের দিন বাদে ম্যাচ, খেলব কি করে ? রাজা কিন্তু নির্বিকার। বললেন, 'পনের দিন ঢের সময় ; খেলার আগে ঠিক চাঙা হয়ে উঠবে, দেখে নিও। ম্যাচের আগের দিন একটু ব্যাট চালিয়ে নিতে পারলে আর কোনো ভাবনা নেই।'

কী আর করি ; খেলার চিন্তা আপাততঃ স্থগিত রেখে কাজে মন দিলাম।

এখানে রাজেন্দ্রপ্রতাপের ডায়রির কথাটা বলা দরকার। চামড়া দিয়ে বাঁধানো তেত্রিশটা ভল্যুম। যোল বছর বয়স থেকে লেখা শুরু, আগাগোড়াই ইংরিজিতে। গোড়ার দিকে ভাষায় গন্ডগোল, ব্যাকরণে ভুল ইত্যাদি রয়েছে, কিন্তু একুশ বছর বয়সে বিলেত যাবার ছ মাসের মধ্যে ভাষা হয়ে গেছে চোস্ত। পড়ার সঙ্গে সঙ্গে নোট করে যেতে হচ্ছে বলে এই দেড়মাসে বেশি এগোতে পারিনি, কিন্তু এর মধ্যেই রাজার পর্যবেক্ষণ ক্ষমতা দেখে মুগ্ধ হয়ে গেছি। বীরেন্দ্রপ্রতাপ অবিশ্যি তেত্রিশ খন্ডের সবকটাই পড়েছেন। তাঁর মতে রাজেন্দ্রপ্রতাপের ডায়রি হল একমেবাদ্বিতীয়ম্। ভারতবর্ষের কোনো রাজ্যের কোনো রাজাই এরকম ডায়রি লিখেছেন বলে জানা যায়নি। একটা কথা অবিশ্যি এর মধ্যেই আমি বুঝতে পেরেছি ; সেটা হল এই যে রাজেন্দ্রপ্রতাপ ছিলেন ক্রিকেটের পোকা। তিনি বিলেত পৌঁছেছিলেন ১৯০১ সালে। যেদিন পৌঁছালেন সেদিনই ডায়রিতে লিখছেন, 'অ্যাট লাস্ট আই ক্যান ওয়চ রণ্জি প্লে !'

বিলেত থেকে ফিরে এসেই রাজেন্দ্রপ্রতাপ মার্তন্ডপুর ক্রিকেট ক্লাবের পত্তন করেন। প্লান্টার্স ক্লাব অবিশ্যি তার আগে থেকেই ছিল। দুই ক্লাবের মধ্যে বাৎসরিক ম্যাচের পরিকল্পনাও রাজেন্দ্রপ্রতাপের। তাঁর পঁয়ত্রিশ বছর বয়স অবধি তিনি ছিলেন এম সি সি-র ক্যাপ্টেন। তাঁর আমলে সাহেবরা নাকি মোটেই যুৎ করতে পারেননি। তার প্রধান কারণ—অধিনায়ক নিজে ছিলেন ডাক-সাইটে ব্যাট্স্ম্যান। বীরেন্দ্রপ্রতাপের মতে তাঁর বাবার উচিত ছিল কোমর বেঁধে ফার্স্ট ক্লাস ক্রিকেটে নেমে যাওয়া—যেমন নেমেছিলেন রণ্জি, দিলীপ সিংজী, পাতৌদির নবাব, পাতিয়ালার মহারাজা। কিন্তু ক্রিকেটের চেয়েও বেশি টান ছিল তাঁর সাহিত্যের প্রতি। আত্মজীবনী লিখতে শুরু করেছিলেন, কিন্তু তিপ্পান্ন বছর বয়সে হঠাৎ হার্টফেল করে চলে গেলেন। বীরেন্দ্রপ্রতাপের বয়স তখন বাইশ। যে কাজ বাপ করে যেতে পারেননি, সে কাজ এখন তিনি করবেন বলে মনস্থ করেছেন।

দেখতে দেখতে ম্যাচের দিন এল। তার আগে দুদিন মাত্র প্র্যাকটিস করেছি। দুর্বলতা যে পুরোপুরি গেছে তাও বলতে পারব না। তা সত্ত্বেও যে একটা উদ্দীপনা অনুভব করছিলুম এটা বলতেই হবে। মন বলছিল যে এ-খেলা আমাকে খেলতে হবে।

ইতিমধ্যে প্লান্টার্সের টীম সম্বন্ধেও জেনেছি। তিনজন ভালো ব্যাট্‌স্‌ম্যান আছে তাদের মধ্যে—বোল্টন, ম্যানারস আর উইলকক্স। এছাড়া ভালো বোলার আছে দুজন—মার্টিন আর ফুলারটন। তার মধ্যে প্রথমটির বলে নাকি বেশ তেজ।

খেলার দিন দেখি সকাল থেকে মাঠে দর্শক জমায়েৎ হচ্ছে। বুকের ভেতর ধুকপুক করছে ঠিকই, কিন্তু সেই সঙ্গে খেলার আগ্রহটাও বাড়ছে। ক্যাপ্টেনকে বললাম যে ইনফ্লুয়েঞ্জার প্রভাব যেহেতু সম্পূর্ণ কাটেনি, ফীল্ডিং-এ যেন আমাকে এমন জায়গায় রাখা হয় যাতে বেশি দৌড়াতে না হয়। গুপ্তে বললেন, 'কোনো চিন্তা নেই, তোমাকে স্লিপে দেব।'

দশটায় ম্যাচ শুরু, মাঠের চতুর্দিকে লোক গিজগিজ করছে, নীল আকাশে শরতের তুলো-প্যাঁজা মেঘ, দুই ক্যাপ্টেন আম্পায়ারের সঙ্গে মাঠে নামলেন, আর আমিও চোখ বুজে বার চারেক দুর্গা নাম জপে নিলুম। ওদিকের অধিনায়ক জন উইলকক্স, সেই টস্ জিতে ব্যাট করার সিদ্ধান্ত নিলে, আর আমি টাটকা নতুন সাদা প্যান্ট, সার্ট, জুতো আর নীল ক্যাপ পরে দলের সঙ্গে মাঠে নেমে সেকেন্ড স্লিপে গিয়ে দাঁড়ালুম। যাবার আগে অবিশ্যি রাজার সঙ্গে দেখা করে গিয়েছিলুম। রাজা আমার হাত ধরে ঝাঁকানি দিয়ে বললেন, 'কোনো ভাবনা নেই, তোমার ব্যাটে জাদু আছে।' কথাটার আসল মানে অবশ্য পরে বুঝেছিলুম।

পঁয়ত্রিশ বছর আগের ঘটনা, তাই খুব ডিটেলে মনে নেই, তবে এটা মনে আছে যে সাহেবরা তিনশো বাইশ রান তুলে দ্বিতীয় দিন টী-এর আগে সবাই আউট হয়ে গেলেন। আমি একটা ক্যাচ লুফে কিছুটা মান রক্ষা করলুম, কিন্তু মন বলতে লাগল যে এবারও সাহেবদের হারানো গেল না, সাড়ে তিনশো রান তোলার মতো ব্যাটসম্যান আমাদের দলে নেই। পর পর দশবার হেরেছে মার্তন্ডপুর ক্লাব, এবার নিয়ে হবে এগারোবার।

এম্ সি সি চায়ের পর ব্যাট করতে নামল ; ওপনিং ব্যাট ক্যাপ্টেন গুপ্তে আর সুন্দরম বলে একটি মাদ্রাজি। আমি পাঁচ উইকেট গেলে নামব এটা আগে থেকেই ঠিক হয়ে আছে।

গুপ্তে টুক্‌টুক্ করে তেইশ রান তুলে কট আউট হয়ে গেল, তার জায়গায় এল সলামৎ হোসেন। বললে বিশ্বাস করবি না, পৌনে পাঁচটার মধ্যে পাঁচটা উইকেট ধড়াধ্ধড় কচুকাটা—তখন রান উঠেছে মাত্র বিরানব্বুই ! চারটে যখন পড়েছে তখনই আমি প্যাড পরে রেডি। পাঁচ নম্বর যখন শূন্যি করে মুখ কালি করে ফিরছে, আমি নেমে পড়লুম মাঠে। কেউ তালি দিলে না। আমাকে কেউ চেনে না, শুনেছে ইনি বাঙালীবাবু, কাজেই আমার উপর কেউই বিশেষ ভরসা করছে না।

তখনও ওভারের তিন বল বাকি, বোলিং করছে ওদের ফাস্ট বোলার ক্লিফ

মার্টিন। আমি গিয়ে জায়গায় দাঁড়ালুম। তখনকার মনের অবস্থা বলে বোঝানো খুব মুশকিল। সকাল অবধি মনে হচ্ছিল যে অসুখের দরুণ যে এনার্জিটা হারিয়ে ছিলাম, তার সবটুকুই এ কদিনে আবার ফিরে পেয়েছি, কিন্তু এখন মনে হচ্ছে সেটা আবার লোপ পেয়েছে। ব্যাটটা হাতে ভারী লাগছে, পায়ের প্যাড যেন একটা দুর্বিষহ বোঝা, তাই নিয়ে ছুটে রান করা যেন একটা অসম্ভব ব্যাপার।

ওদিকে মার্টিন হেঁটে গিয়ে তার জায়গায় দাঁড়িয়ে বলটা প্যান্টের পাশে ঘষে নিচ্ছে, মন বলছে প্রথম বলেই আমার স্টাম্প হবে চিচিং ফাঁক। তাও কোনোরকমে মনটাকে শক্ত করে মাথা ঘুরিয়ে ফীল্ডটা দেখে নিয়ে ব্যাট পাতলুম ঘাসের ওপর। তারপর ভুরু কুঁচকে চাইলুম মার্টিনের দিকে। সব তৈরি বুঝে সে দিলে স্টার্ট। চোদ্দ পা দৌড়ে সমস্ত শক্তি প্রয়োগ করে যে বলটা সে দাগলে আমার দিকে সেটা শর্ট পিচ। কোত্থেকে মুহূর্তের মধ্যে যে মনে সাহসটা এল জানি না। শুধু সাহস না—সেই সঙ্গে চোখের দৃষ্টি, নার্ভের উপর দখল, কবজির জোর আর হাঁকড়াবার গোঁ। সব মিলে ব্যাটচালানোর সঙ্গে সঙ্গে বলবাবাজী উল্টো মুখে আকাশে উঠে চোখের পলকে ক্লাব ঘরের পেছনে শিরীষ গাছের পাতা ভেদ করে একটা কান ফাটানো খটাং শব্দ করে পড়ল একটা অদৃশ্য টিনের চালের উপর। খেলায় এই প্রথম ছক্কা, আর তাই না দেখে হাজার পায়রা এক সঙ্গে টেক অফ্ করলে যেমন শব্দ হয়, দর্শকদের মধ্যে থেকে উঠল তেমনি একটা শব্দ। এমন হাততালি ক্রিকেটের মাঠে বড় একটা শোনা যায় না। আর এই হাততালিতেই যেন নদীতে বান ডাকার মতো হুড়মুড় করে আমার সমস্ত উৎসাহ আর কনফিডেন্স ফিরে এল। এটা ঠিক যে সেদিন নিজের খেলায় আমি নিজেই হকচকিয়ে যাচ্ছিলুম। এ যেন আমি নয়; আমার ভেতর ঢুকে আমার হয়ে অন্য কোন ক্ষণজন্মা ক্রিকেটর যেন খেলাটা খেলে দিচ্ছে, সব কৃতিত্ব তারই, আমি নিমিত্ত মাত্র।

আমার স্কোর হয়েছিল দুশো তেতাল্লিশ নট আউট, তার মধ্যে এগারোটা ছক্কা আর একত্রিশটা বাউন্ডারি। অন্য ব্যাটসম্যানের উপর ভরসা নেই বলে ওভারে শেষ বলে শর্ট রান নিয়ে ব্যাটিং-এর পুরো দায়িত্বটা নিজের ঘাড়েই নিয়ে নিয়েছিলুম। ড্রাইভ, হুক, গ্লান্স, কাট, ওভার দি বোলার—কোনো স্ট্রোকই আমার খেলা থেকে বাদ পড়েনি। আশ্চর্য এই যে, এককালে যখন ক্রিকেট খেলেছি তখন এর অনেক স্ট্রোকই আমার হাত দিয়ে বেরোয়নি। একশো করার সঙ্গে সঙ্গে সাহেবরা এসে আমার পিঠ চাপড়ে দিয়েছিল, কিন্তু দুশোর বেলায় দেখলুম তাদের সকলের মুখ ফ্যাকাশে মেরে গেছে, পিঠ চাপড়ানোর সামর্থ্যও যেন আর নেই।

আমার এমন খেলার পরে সাহেবরা এমন মুসড়ে পড়েছিল যে দ্বিতীয় ইনিংসে সাতাত্তরের মাথায় তাদের শেষ উইকেট পড়ে গেল। ইনিংস ডিফীট, কারণ

আমাদের টোট্যাল হয়েছিল চারশো ছত্রিশ।

চারদিনের দিন আড়াইটেয় খেলা শেষ হয়ে গেল।

সেদিনই সন্ধ্যায় আমার ঘরে খাটে শুয়ে ভরদ্বাজ বেয়ারাকে দিয়ে একটু দলাই মলাই করিয়ে নিচ্ছি, এমন সময় রাজার খাশ বেয়ারা এসে জানালে যে আমার তলব পড়েছে।

গেলুম বেয়ারার সঙ্গে। তাঁর ঘরে ঢুকতেই রাজা আমার দিকে চেয়ে একগাল হেসে বললেন, 'ওয়েল ব্যানার্জি, হাউ ডু ইউ ফীল?'

আমি অকপটে বললুম, 'দেখ রাজা, আমি একেবারে বোকা বনে গেছি। সত্যি বলছি আমি এমন খেলা কখনো খেলিনি, কারণ এমন খেলা আমার পক্ষে সম্ভবই নয়। এর রহস্য ভেদ করার শক্তি আমার নেই।' রাজার মুখে এখনো মোলায়েম হাসি। সামনের চেয়ারের দিকে নির্দেশ করে বললেন, 'বোস!'

আমি বসলুম। রাজা তাঁর সামনে টেবিলের উপর থেকে একটা বই তুলে নিলেন। দেখে চিনতে পারলুম; এটা রাজেন্দ্রপ্রতাপের ডায়রির একটা খণ্ড।

একটা বিশেষ জায়গায় ডায়রিটা খুলে সেটা আমার দিকে এগিয়ে দিয়ে বীরেন্দ্রপ্রতাপ বললেন, 'এইখানটা পড়ে দেখ।'

পড়ার আগে ওপরে সন তারিখ দেখে নিলুম। তেসরা নভেম্বর ১৯০৩। অর্থাৎ বিলেত যাবার আড়াই বছর পর।

এবার লেখাটায় চোখ গেল। যা পড়লুম তার বাংলা করলে এইরকম দাঁড়ায়—'আজ রণ্‌জি তার বন্ধুত্বের নিদর্শন স্বরূপ তার নিজের একটা ব্যাট আমাকে দিল। এই ব্যাট নিয়েই সে সাসেক্সের হয়ে মিড্‌লসেক্সের বিরুদ্ধে ২০২ রান করেছিল। আমার মতো ভাগ্যবান পৃথিবীতে আর কেউ আছে কি?'

এতোদিন রণ্‌জির শুধু নামই শুনেছিলুম। আজ তাঁর মৃত্যুর ষোল বছর পরে, নিজের খেলা থেকে আঁচ করলুম তিনি কেমন খেলতেন।

টলিউডে তারিণীখুড়ো

তাকিয়াটাকে কোলের উপর টেনে নিয়ে আরো জমিয়ে বসে ঝুঁকে পড়ে তারিণীখুড়ো তাঁর গল্প আরম্ভ করলেন।—

আমার তখন তেইশ বছর বয়স, তবে একটা তেকোণা ফ্রেঞ্চকাট গোছের দাড়ি রেখেছিলাম বলে মনে হত তেত্রিশ। বেয়াল্লিশ সালের কথা বলছি। তখন যুদ্ধ চলেছে পুরোদমে, কলকাতার রাস্তাঘাটে খাকি পরা জি· আই· সেনা ঘোরাফেরা করছে, শহরের চেহারাটাই পালটে গেছে। জোড়া জোড়া মার্কিন মিলিটারি পুলিশ চৌরঙ্গীতে টহল দিয়ে ফেরে, তাদের জামার আস্তিনে কুনুই-এর ওপর লেখা এম· পি·। সিনেমা হাউসগুলো খালি পড়ে থাকে না কখনো; ম্যাটিনি-ইভনিং-নাইট তিনটেই হাউস ফুল, সব ছবিই হিট, তা সে দিশিই হোক আর বিলিতিই হোক। আমাদের টলিউডের স্টুডিওগুলো গমগম করছে, কুইক মানির লোভে রোজই টাকাওয়ালা নতুন নতুন প্রোডিউসার আসছে। তারা জানে ছবি একবার লেগে গেলে কোনো ব্যবসাতে চটজলদি এত লাভ হয় না। আমার মেজোমামার এক সহপাঠী, নাম পরেশ মুস্তোফি, তিনি ভারত মাতা স্টুডিওর মালিক। আমাকে ডেকে পাঠিয়ে যেচে একটা চাকরি দিলেন প্রোডাকশন ম্যানেজারের। কাজটা নেহাৎ ফেলনা নয়; একটা ছবি হলে পরে সবাইয়ের সঙ্গে যোগাযোগ রাখা, খরচের হিসেব রাখা, আর্টিস্ট আর কর্মীদের পেমেন্ট করা, এমন কি ছুঁচ থেকে হাতি পর্যন্ত যা কিছু একটা ছবিতে লাগবে সব কিছু জোগাড় করার ভার আমার উপর। তখন বয়স কম, তাছাড়া টুপাইস রোজগার হচ্ছে, খাটনি হলেও কাজটা ভালোই লাগছিল।

সেই সঙ্গে এটাও বলা দরকার যে ভেতরে ভেতরে আমার অভিনয়ের একটা শখ ছিল। আমার চেহারাটা যে এককালে ভালো ছিল, সেটা ত তোদের বলেইছি। তাছাড়া আমি ছিলাম হলিউডের ছবির পোকা। বাংলা ছবিতে ত আর অভিনয় হত না, হত রং তামাশা। আমি দেখি পৃথিবীর সব সেরা স্টারের

অভিনয়, যাকে দেখে অভিনয় বলেই মনেই হয় না। অবিশ্যি সেই সঙ্গে ভালো বাংলা পেশাদারী থিয়েটারও বাদ দিই না, কারণ শিশির ভাদুরী, যোগেশ চৌধুরী মনোরঞ্জন ভট্টাচায্যি—এঁরা সব ছিলেন বাঘা বাঘা অভিনেতা। কিন্তু যেচে গিয়ে বলব আমায় একটা পার্ট দিন, তেমন সাহস তখনো হয়নি। তবে স্টুডিও পাড়ায় থাকলে কোনো প্রযোজক বা পরিচালকের চোখে পড়ে গিয়ে সুযোগ যে আসবে না, এমনই বা কে বলতে পারে?

একদিন জানতে পারলাম যে আলমগীর ছবি হচ্ছে আমাদের এই ভারত মাতা স্টুডিওতেই, আর স্টুডিওই টাকা ঢালছে সে ছবিতে। বস্ মুস্তোফি সাহেব আমাকে ডেকে সব ডিটেল বললেন। তখনকার নামকরা পরিচালক জগদীশ নস্কর পরিচালনা করবেন, সেরা অভিনেতারা সব অভিনয় করছেন। তবে নাম ভূমিকায়—অর্থাৎ আলমগীরের চরিত্রে—একটি নতুন লোককে নেওয়া হচ্ছে। এর নাম রমণীমোহন চ্যাটার্জি, সুন্দর চেহারা, উচ্চবংশের ছেলে, অনেক পয়সা। মুস্তোফিমশাই নিজেই নাকি ছেলেটিকে এক বিয়ে বাড়িতে দেখে সোজাসুজি অফারটা দেন, এবং ছেলে নাকি এককথায় রাজি হয়ে যায়।

রমণীমোহন চ্যাটার্জি নামটা চেনা চেনা লাগছিল কেন বুঝতে পারছিলাম না, শেষটায় হঠাৎ মনে পড়ল যে শ্যামবাজারের একটা ক্লাবে আমারই স্কুলের সহপাঠী ব্রতীন থিয়েটার করে, তার কাছে শুনেছি এই রমণীমোহনের কথা। চেহারা ভালো—'অনেকটা তোর মতো দেখতে'—বলেছিল ব্রতীন, আর অ্যাকটিংটাও নাকি ভালোই করে। তবু মনে একটা খটকা ছিল তাই ব্রতীনের সঙ্গে সরাসরি যোগাযোগ করলাম, আর করে জানলাম যে এ সেই একই রমণীমোহন। বললাম, 'পারবে ত এত বড় দায়িত্ব কাঁধে নিতে?' ব্রতীন বললে, 'আদা নুন খেয়ে উঠে পড়ে লেগেছে ত ছোকরা। শখ প্রচণ্ড। আর,ও একটা আংটি পরে সেটা নাকি মুঘল আমলের; ওর ঠাকুরদাদার ছিল; খুব পয়া। আলমগীর সাজলে ওটা আঙুলে পরবে, আর তাহলে নাকি আর দেখতে হবে না। আসলে, রমণী আবার তুকতাকে বিশ্বাস করে, পুজো আচ্চা করে। বড়লোক বাপের একমাত্র ছেলে, বুঝতেই ত পারিস, পয়সার জন্য যে করছে তা ত নয়, শখ হয়েছে চিত্রতারকা হবার।'

পয়লা বৈশাখ মহরতের দিন স্থির হয়েছে, এখন মার্চের মাঝামাঝি, তাই হাতে কিছুটা সময় আছে। ইতিমধ্যে পরিচালক জগদীশ নস্কর একদিন বলে বসলেন যে নতুন ছেলেটিকে একবার বাজিয়ে দেখবেন। শুধু চেহারাতে ত হবে না, তাকে ডায়ালগ বলতে হবে, তাই অভিনয় ছাড়াও কণ্ঠস্বর, উচ্চারণ ইত্যাদি ভালো হওয়া চাই। আর একমাত্র সেই যখন নতুন, তখন তাকে একবার পরীক্ষা করে দেখা উচিত। এই পরীক্ষায় উৎরোলে তারপর একটা ক্যামেরা টেস্ট নিলেই চলবে।

আমারই উপর ভার পড়ল রমণীমোহনকে টেলিফোন করে তারই বাড়িতে একটা অ্যাপয়েন্টমেন্ট করা। রবিবার সকাল দশটায় টাইম ঠিক হল। আমি আর পরিচালকমশাই যাবো। টেস্টে পাশ করলে পর মুস্তোফির সঙ্গে বাকি কথা হবে।

রবিবার এসে পড়ল। জগদীশ নস্কর সময়ানুবর্তিতায় বিশ্বাসী, ঘড়ির কাঁটায় কাঁটায় দশটায় গিয়ে রমণীমোহনের বাড়ি সদর দরজার বেল টিপলেন। বেয়ারা আমাদের বৈঠকখানায় নিয়ে গিয়ে বসাবার প্রায় সঙ্গে সঙ্গেই রমণীমোহনের আবির্ভাব হল। চেহারা ভালো তাতে সন্দেহ নেই, আর এতেও সন্দেহ নেই যে আমার সঙ্গে একটা মিল আছে। দুজনেরই হাইট ছ ফুট, দোহারা চেহারা, ফরসা রং, চোখা নাক, পাতলা ঠোঁট। আমার তেকোনা দাড়ির জন্য মিলটা হয়ত অতটা ধরা পড়ে না, কিন্তু আমি জানি, দাড়ি বাদ গেলেই পড়বে।

পরিচালকমশাই সঙ্গে আলমগীরের ডায়ালগ এনেছিলেন। তারই একটা অংশ পড়তে দিলেন রমণীমোহনকে। ছোকরা বেশ ভালোই পড়ল। বলল ও নাকি ভাদুড়ীমশাইকে গুরু বলে মানে, আর হলিউডের তারকাদের মধ্যে রোনাল্ড কলম্যান। নস্কর মশাই বেশ খুশি, আমাকে বললেন অবিলম্বে দরজি এনে রমণীমোহনের পোশাকের মাপ নিতে। এই ফাঁকে রমণীমোহনও তাঁর আংটিটা দেখিয়ে দিলেন। দেখলাম সত্যি খাসা জিনিস ; সোনার আংটির মাঝখানে হীরেকে ঘিরে গোল করে পান্না বসানো। নস্করমশাই বললেন আলমগীর গালে হাত দিয়ে বসে থাকলে আংটিটা ক্লোজ-আপের সৌন্দর্য অনেক গুণে বাড়িয়ে দেবে।

তিনদিন বাদে ক্যামেরা টেস্টেও রমণীমোহন দিব্যি উৎরে গেলেন।

এরপর একটা দিন ঠিক করে বস্ মুস্তোফি মশাইকে সঙ্গে নিয়ে রমণীমোহনের বাড়ি গিয়ে তার সঙ্গে চুক্তি সই হয়ে গেল। পঞ্চাশ হাজার টাকা পাবে রমণীমোহন, আর পাঁচ হাজার অ্যাডভান্স। তখনকার দিনে একজন নতুন অভিনেতার পক্ষে এটা অঢেল টাকা, আজকের দশলাখের সমান। পয়লা বৈশাখ মহরৎ ; তাতে কোনো অভিনয়ের ব্যাপার নেই, কিন্তু রমণীমোহনকে মেক্-আপ নিয়ে, কস্টিউম পরে আসতে হবে। এইখানে রমণীমোহন একটি বায়না করলে। সে বললে যে স্টুডিওর মেক-আপ রুম তার জানা আছে, সে অতি রদ্দি, তাতে সে মেক-আপ করবে না। মেক-আপ-ম্যান যেন সকাল সকাল তার বাড়িতে চলে আসে, সে বাড়িতেই মেক-আপ নিয়ে কস্টিউম পরে স্টুডিওতে হাজির হবে। মুস্তোফিমশাই দেখলাম এতে রাজি হয়ে গেলেন, যদিও একজন নবাগতের পক্ষে আবদারটা একটু বাড়াবাড়ি রকমের। বুঝলাম নতুন হিরোকে খুবই পছন্দ হয়েছে কর্তামশাইয়ের।

পয়লা বৈশাখ ভারত মাতা স্টুডিওতে আলমগীরের মহরৎ হয়ে গেল।

লোকে লোকারণ্য, ফিল্ম লাইনের কেউ বাদ যায়নি, খানাপিনার বন্দোবস্ত ছিল, নতুন তারকাকে মোগল বাদশার মেক-আপে দেখে সকলেই খুব তারিফ করে গেলেন। ইতিমধ্যে রমণীমোহন নাকি আলমগীরের ডায়ালগ পেয়ে গেছেন, এবং সবই তাঁর মুখস্থ হয়ে গেছে। আচকান জোব্বা পরচুলা দাড়ি গোঁফ তলোয়ার নাগরা সব রেডি, প্রথম সুটিং-এর তারিখ স্থির হয়েছে পনেরই বৈশাখ।

এদিকে আমি তখন পুরোদস্তুর প্রোডাকশন ম্যানেজারের কাজ করছি। উদয়াস্ত খাটছি, দম ফেলার ফাঁক নেই। কিন্তু এতেও যে আপত্তি নেই তার কারণ হল যে স্টুডিওর পরিবেশে একটা জাদু আছে। এটা স্বীকার করতেই হবে। বিশেষ করে ঐতিহাসিক ছবিতে যারা কাজ করবে—সে অভিনেতা-অভিনেত্রীই হোক আর সাধারণ কর্মীই হোক—তাদের সকলেরই মেজাজে যেন একটা আমীরী ভাব চলে আসে। স্টুডিওর ভিতরে সেট তৈরী হচ্ছে প্রাসাদের—তার খিলেন, থাম, ঝাড়লণ্ঠন, দেয়ালগিরি, গালিচা, মসনদ, ফরাস, তাকিয়া—সমস্ত আবহাওয়াটাই যেন গেছে পালটে। মাঝে মাঝে কথা বলতে যে উর্দু-ফারসিও বেরিয়ে পড়ছে না তা নয়।

দেখতে দেখতে ১৫ই বৈশাখ এসে গেল। আলমগীরকে দিয়েই কাজ শুরু ; বাপ শাজাহানের সঙ্গে দৃশ্য। ঠিক সাড়ে দশটার সময় তাঁর নিজের লাল শেভ্রোলে গাড়িতে আলমগীরের বেশে এসে হাজির হলে রমণীমোহন।

ক্যামেরাম্যানের আলো করা প্রায় শেষ, দু-একটা খুচরো রিহার্সেলও হয়ে গেল, এবং তাতে শাজাহান-বেশী পেশাদারী অভিনেতা জয়নারায়ণ বাগচির বিপরীতে নিউকামার রমণীমোহন বেশ ভালোই অভিনয় করলেন। কেবল, পাখা সত্ত্বেও তিনি যে এত ঘামছেন, সেটা বোধহয় প্রথম দিনের উত্তেজনা ও কিঞ্চিৎ নার্ভাসনেসের জন্য। শট্-এর সময়ে এটা না হলেই আর কোনো চিন্তার কারণ থাকবে না।

এবার ডিরেকটার সাহেব 'লাইট্স !' বলে চেঁচাতেই সেটের প্রয়োজনীয় সব আলোগুলো জ্বলে উঠলো ; অভিনেতা দুজন তাঁদের নিজেদের নির্দিষ্ট গণ্ডীর মধ্যে হেঁটে চলে দেখে নিলেন যে আলো ঠিক আছে। ঠিক আছে বলছি অবিশ্যি বাংলা ছবির কথা ভেবে। প্রাসাদের দেয়াল যে চটের তৈরি সেটা বিশ হাত দূর থেকেই বোঝা যাচ্ছে, মেক-আপ আর পোশাক একেবারে যাত্রামার্কা। তবে এ-টুকু জানি যে রমণীমোহন যদি উৎরে যায় তাহলে এ ছবি হিট হবার সমূহ সম্ভাবনা।

'সব রেডি ?' হাঁক দিয়ে প্রশ্ন করলেন পরিচালক জগদীশ নস্কর। নস্কর সাহেব হচ্ছেন সেই জাতের পরিচালক যিনি যার যার কাজ তাকে তাকে দিয়ে নিজে পরম নিশ্চিন্ত বোধ করেন। কেবল পরিচালনার সময়টুকুতেও তাঁর ব্যক্তিত্বে একটা পরিবর্তন আসে। তাও সেটা বেশি না। আর এঁর আরেকটি

অভ্যাস হচ্ছে যে ইনি কাজের মধ্যে সামান্যতম ফাঁক পেলেই একটু বসে নেন, এবং আরামকেদারা পেলে কক্ষনো মোড়া বা কাঠের চেয়ারে বসেন না।

সব্বাই রেডি ছিল, কাজেই শট নেওয়ায় কোনো বাধা নেই, কিন্তু রমণীমোহন দেখছি ঘেমেই চলেছেন। মেক-আপ অ্যাসিস্টান্ট প্রতি তিন মিনিট অন্তর তোয়ালে দিয়ে তাঁর মুখ 'প্যাড' করে দিচ্ছে, কিন্তু তাও ঘামের অন্ত নেই। স্টুডিওতে বৈশাখ মাসে গরম ঠিকই, কিন্তু এখন তো চতুর্দিকে বিরাট বিরাট পাখা চলছে; শট-এর সময়ে সেগুলো বন্ধ হয়ে গেলে কী অবস্থা হবে?

শুটিং-এ একটা রেওয়াজ আছে যে প্রথম দিনের প্রথম শটটা একবার উৎরে গেলে সবাই হাততালি দেয়। বিশেষ করে নতুন অভিনেতা হলে ত কথাই নেই।

কিন্তু অত্যন্ত আক্ষেপ ও বিস্ময়ের ব্যাপার যে পর পর সাতবার চেষ্টার পরেও হাততালির সুযোগ এল না, এবং তার জন্য দায়ী স্বয়ং আলমগীর বাদশা। তাঁর ডায়ালগ ছিল অতি সহজ। বাপকে তিনি বলবেন, 'আমি ত আগেই বলেছি, আমার পথে কোনো বাধা আমি সহ্য করব না।' এই কয়েকটি কথা পর পর ঠিকভাবে বলা যে এত কঠিন হতে পারে তা আমি স্বপ্নেও ভাবতে পারিনি। 'আমার পথে কোনো বাধা আমি সহ্য করব না'—এটা একবার হল 'আমার বাধা আমি কোনো পথে সহ্য করব না,' তারপর হল, 'আমার সহ্যের পথে আমি কোনো বাধা দেব না,' তারপর হল, 'আমি কোনো পথেই আমার সহ্যে বাধা দেব না,' আর চতুর্থবার পরিচালক হুঙ্কার দিয়ে 'অ্যাকশান' বলার পরে আওরঙ্গজেবের মুখ দিয়ে কোনো কথাই বেরোল না। আমি দেখি তার পা ঠকঠক করে কাঁপছে। সে তার কাছেই একটা সিংহাসন গোছের গদির চেয়ার ছিল, তাতে বসে মাথার পাগড়িটা খুলে ফেলল। তারপর বলল যে তার ব্লাড প্রেশার নাকি মাঝে মাঝে অত্যন্ত বেশি নেমে যায়, সম্ভবত এখনও তাই হয়েছে, তাই একজন ডাক্তারের ব্যবস্থা করতে পারলে ভালো হয়।

রিহার্সালি মোটামুটি ঠিক হয়েছিল বলে সকলে আরো অবাক, কিন্তু আমি ত জানি যে শট নেবার ঠিক আগে যে মুখের সামনে খটাস করে ক্ল্যাপস্টিক মারা হয়, তাতে অনেক পাকা অভিনেতাও টসকে যায়। এখানেও তাই হয়েছে তাতে কোনো সন্দেহ নেই।

ডাক্তার এসে বললেন প্রেশার নামলেও তেমন কিছু নয়, কিন্তু অভিনেতাকে দিয়ে আজকে আর কাজ না করানোই ভালো।

রমণীমোহন বাড়ি চলে গেলেন। পরিচালকও একা শাজাহানকে নিয়ে গোটা পাঁচেক শট নিয়ে তিনটের মধ্যে কাজ শেষ করে দিলেন।

কিন্তু বাকি কাজ কবে হবে?

আর এই রমণীমোহনকে দিয়ে আদৌ কাজ চলবে কি? নাকি, শেষ মুহূর্তে অন্য অভিনেতা দেখতে হবে?

আমার বস্ মিঃ মুস্তোফি আমায় ডেকে বললেন, 'তুমি একবারটি ওই ছোকরার বাড়িতে গিয়ে সঠিক খবরটা নিয়ে এস ত। সে নিজে কী মনে করে সেটা জানা দরকার। সে ফ্র্যাঙ্কলি বলুক সে পারবে কি না। যদি কদিন সময় চায় তাও দিতে রাজি আছি, কারণ চেহারার দিক দিয়ে ওকে মানিয়েছিল চমৎকার। হয়ত জড়তাটা টেম্পোরারি। অবিশ্যি দ্বিতীয় দিনেও এই একই ব্যাপার ঘটলে অন্য লোক নিতেই হবে।'

মুস্তোফি সাহেব যেন একবার ভুরু কুঁচকে আমার দিকে চাইলেন, ভাবটা যেন—একে দিয়েও ত কাজটা চলতে পারত। কিন্তু তারপর আর কিছু বললেন না, আর আমিও চেপে গেলুম।

•

দুদিন পরে অ্যাপয়েন্টমেন্ট করে রমণীমোহনের ট্যাগোর কাস্‌ল্ রোডের বাড়িতে গিয়ে হাজির হলুম। বেয়ারা আমায় বৈঠকখানায় বসানোর এক মিনিটের মধ্যে বাবু এসে ঢুকলেন। দেখলুম এই কদিনে ওর বয়স যেন বেড়ে গেছে দশ বছর। বললুম, 'কী ব্যাপার বলুন ত? এরকম হল কেন?'

ভদ্রলোক গভীর আক্ষেপের ভঙ্গিতে মাথা নেড়ে বললেন, 'কী আর বলব বলুন, শুটিং-এর তিনদিন আগে আমার এক বন্ধু এক জ্যোতিষী এনে হাজির করে বলল—"নতুন কাজে হাত দিতে যাচ্ছ, এঁকে দিয়ে একবার ভাগ্যটা যাচাই করে নাও।" আমিও আপত্তি করলুম না, কারণ ওসবে আমার বেশ আস্থা আছে। আর এঁর নাকি জ্যোতিষার্ণব-টার্ণব উপাধি আছে, চেহারাও বেশ ইমপ্রেসিভ। কিন্তু মশাই, হাত দেখার আগেই আমার মাথার দুদিকের রগ বুড়ো আর কড়ে আঙুলে টিপে লোকটা কী বললে জানেন? বললে, "এ লাইন তোমার নয়। অভিনয়ের দিকে যেও না; গেলেই হোঁচট খেতে হবে।"—ভেবে দেখুন তো কী কথা! তিনদিন বাদে শুটিং, পার্ট মুখস্থ হয়ে গেছে, আর লোকটা বলে কিনা আমায় দিয়ে অ্যাকটিং হবে না? সাধে কি ডায়ালগ গোলমাল হয়ে যাচ্ছিল? যেই মুখ খুলতে যাব অমনি জ্যোতিষীর মুখটা মনে পড়ে যাচ্ছে, আর কে যেন গলার ভেতর পাথর গুঁজে দিচ্ছে। ওফ্! সে যে কী অবস্থা, সে আর আপনাকে কী করে বোঝাব? রাজ্যি শুদ্ধু লোক জেনে গেছে আমি আলমগীর করছি আর সেই সময় অকেজো বলে বাদ হয়ে যাওয়া—এর চেয়ে বেশি অপমান আর কী হতে পারে বলুন?'

আমি আর কী করি? যথাসাধ্য সহানুভূতি দেখালুম। জিগ্যেস করলুম, 'কী করলে পরে এই বিভীষিকা আপনার মন থেকে দূর হতে পারে? কারণ আপনার মধ্যে যে অ্যাকটিং আছে সে ত আমরা রিহার্সেলেই দেখেছি।'

রমণীমোহন মাথা নাড়ল। ঘাড় হেঁট ছিল, এবার মুখ তোলাতে দেখলুম

চোখে জল। আমার হাত দুটো ধরে অত্যন্ত করুণ সুরে বললে, 'কতদিনের যে স্বপ্ন সিনেমায় অভিনয় করে নাম করব! আর সেই সুযোগ এসেও গ্রহের ফেরে বানচাল হয়ে গেল! এখন আপনি যদি কোনো রাস্তা বাতলাতে পারেন। আমার নিজের মাথায় একটা রাস্তা এসেছে কিন্তু সেটা সভয়ে বলব না নির্ভয়ে বলব বুঝতে পারছি না।'

আমি বললুম, 'নির্ভয়ে বলুন।'

রমণীমোহন কয়েক মুহূর্ত আমার দিকে চেয়ে থেকে বলল, 'আপনার অভিনয় আসে?'

'হঠাৎ এ প্রশ্ন কেন?'

'কারণ আমার সঙ্গে আপনার চেহারার মিল আছে। সে কথা আমার বেয়ারা প্রসন্নও বলছিল। ভাবছিলুম, আমার বদলে আপনি যদি আমার বাড়ি থেকে মেক-আপটা করে নিয়ে পোশাকটা পরে আমার হয়ে অভিনয়টা করে দিয়ে আসতেন। অবিশ্যি, কিছু লোককে ব্যাপারটা বলতেই হবে। যেমন মেক-আপ-ম্যান যতীন, তার সহকারী হাবুল, আর ড্রেসার তারাপদ। তাদের হাতে কিছু গুঁজে দিলে তারা কখনই ব্যাপারটা ফাঁস করবে না।'

আমি বললাম, 'তার মানে অভিনয় করবেন তারিণী বাঁড়ুজ্জে আর নাম হবে রমণী চাটুজ্যের?'

'এ-ছাড়া আর রাস্তা আছে কি?'

'আর প্রোডাকশন ম্যানেজারের কাজটা কে করবে?'

'সেটার একটা অন্য ব্যবস্থা করবে ওরা। আপনি বলে দেবেন বোম্বাই থেকে একটা ভালো অফার পেয়েছেন, তাই চলে যাচ্ছেন।'

'কথাটা মন্দ বলেননি। কিন্তু যদি অভিনয় আমার ভালো হয়, আর তার জন্য যদি কোনো সংস্থা পুরস্কার ঘোষণা করে, তাহলে সেটাও ত আপনিই নেবেন?'

'তা ত নিতেই হবে। তবে আপনাকে পারিশ্রমিক ছাড়াও আমি একটা জিনিস দিতে রাজি আছি।'

'কী জিনিস?'

'আমার এই মোগলাই আংটি। আজকের বাজারে এর দাম কত জানেন ত?'

পুরোন ভালো জিনিসের উপর আমার মোহ আছে সেটা ত তোরা জানিস। সেটা তখনও ছিল। বলে দিলুম 'ঠিক হ্যায়। আমি আপনার প্রস্তাবে রাজি। কিন্তু সবচেয়ে আগে আপনার চিত্রনাট্যটি চাই। ডায়ালগ মুখস্থ করতে হবে ত।'

রমণীমোহন তৎক্ষণাৎ তাঁর ফাইলটা এনে আমায় দিলেন।

সেইদিনই বিকেলে মিঃ মুস্তোফির কাছে গিয়ে বললুম যে রমণীমোহন আরেকটা চান্স চাইছে। বলছে, এবার না হলে যেন তাকে বাদ দেওয়া হয়।

মুস্তোফি মশাই রাজি হয়ে গেলেন, ওদিকে পরিচালক মশাইকেও খবরটা দিয়ে দেওয়া হল।

রমণীমোহনকে সুস্থ হবার সময় দিয়ে পনের দিন পরে শুটিং রাখা হল। অন্যদের কাজের তারিখ আর স্টুডিওর বুকিংও সেভাবে বদলে দেওয়া হল। যাদের দলে টেনে নেবার কথা তাদের সকলকেই তালিম দেওয়া হয়ে গেছে। আমার জায়গায় নতুন প্রোডাকশন ম্যানেজার এসে গেছে। তাঁকেও দলে টেনে নিয়েছি, কারণ প্রোডাকশন ম্যানেজারের কাছে কোনো কিছু লুকোনো বড় কঠিন ব্যাপার। আমি মুস্তোফি মশাইকে অবিশ্যি জানিয়ে দিয়েছি যে একটা ভালো চান্স পেয়ে বোম্বে চলে যাচ্ছি, এ ছবিতে আর আমার কাজ করা সম্ভব হবে না।

যথারীতি শুটিং-এর দিন এসে পড়ল। সকাল দশটায় রমণীমোহনের লাল শেভ্রোলে এসে ঢুকল ভারত মাতা স্টুডিওতে। তার থেকে আলমগীরের বেশে নামলেন তারিণী বাঁড়ুজ্জে—কার বাপের সাধ্যি ধরে যে অ্যাকটর চেঞ্জ হয়ে গেছে!'

সেই একই দৃশ্য তোলা হবে, সব তৈরি, সবাই তৈরি, 'স্টার্ট সাউণ্ড' বলে চেঁচিয়ে উঠলেন পরিচালক। সাউণ্ডম্যানের কাছ থেকে উত্তর এল 'রানিং'।

'অ্যাকশন।'

আলমগীর তাঁর বাবার সামনে এসে অত্যন্ত সাবলীলভাবে তাঁর কথা বলে গেলেন ; শট-এর শেষে পরিচালক 'কাট' বলতেই হাততালিতে স্টুডিও গমগম করে উঠল।

সারাদিনের তেরোটি শট-এর একটিতেও রমণী-তারিণী ঠেকলেন না।

ছবি শেষ হতে লাগল পাঁচমাস। তোরা তখন জন্মাসনি তাই তোদের খবরটা দিতে হচ্ছে যে আলমগীর হয়েছিল সুপারহিট, আর রমণীমোহন বছরের শ্রেষ্ঠ অভিনেতা হিসেবে তিনটে সংস্থা থেকে পুরস্কার পেয়েছিলেন। অবিশ্যি তাঁর কেরিয়ারের শুরু এবং শেষ এই একটি ছবিতে, কারণ তাঁর গুরু তাঁকে ফিল্মে অভিনয় করতে বারণ করায় সে প্লাস্টিকের ব্যবসায় চলে যায়। আর আমি হয়ত নিজের নামে ছবিতে একটা চান্স নিতে পারতুম, কিন্তু তখনই উদয়পুরে একটা ভালো চাকরি জুটে গেল। আমার কাছে তখন থেকেই নতুন দেশ দেখার চেয়ে বড় আর কিছু নেই, তাই আর দ্বিধা না করে পাড়ি দিলুম রাজস্থানে। অবিশ্যি সেটা আরেকটা গল্প।

'তাহলে সেটাও হোক।' বলল ন্যাপলা।

'তা কী করে হবে,' বললেন তারিণীখুড়ো, 'আগে যেটা বলছি সেটা শেষ হোক।'

আমরা ত অবাক। এ গল্পে আর কী থাকতে পারে ?

'আমি যে দ্বৈত ভূমিকা বা ডবল পার্ট করেছিলুম সেটাই ত তোদের বলা হয়

নি।' বললেন তারিণীখুড়ো, তাঁর ঠোঁটের কোণে মুচকি হাসি।

'কিরকম, কিরকম?' আমরা সকলে একসঙ্গে বলে উঠলাম।

'আমার বন্ধু ব্রতীনকে দিয়ে রমণীমোহনকে আমিই বলালুম যে নতুন কাজে নামার আগে একবার ভাগ্য গণনা করিয়ে নাও। তখন ব্রতীনই ত জ্যোতিষার্ণবকে নিয়ে যায় রমণীমোহনের কাছে। কে সেই জ্যোতিষার্ণব? হুঁ হুঁ—স্বয়ং তারিণীচরণ বাঁড়ুজ্জে। নিজের হাতে তৈরি মেক-আপ, নিজের হাতে লেখা সংলাপ। বাজিমাৎ না হয়ে যায় কোথায়?'

তারিণীখুড়ো ও বেতাল

শ্রাবণ মাস, দিনটা ঘোলাটে, সকাল থেকে টিপটিপ করে বৃষ্টি পড়ছে, তারই মধ্যে সন্ধ্যের দিকে তারিণীখুড়ো এসে হাজির। হাতের ভিজে জাপানী ছাতাটা সড়াৎ করে বন্ধ করে দরজার পাশটায় দাঁড় করিয়ে রেখে তক্তপোষে তাঁর জায়গাটায় বসে তাকিয়াটা টেনে নিয়ে খুড়ো বললেন, 'কই, আর সবাইকে ডাক, আর নিকুঞ্জকে বল নতুন করে জল ফুটিয়ে এক কাপ চা করতে।'

লোড শেডিং, তাই বসবার ঘরে দুটো মোমবাতি জ্বলছে, তাতে থমথমে ভাবটা ত কমেইনি, বরং বেড়েছে।

নিকুঞ্জই জল চাপিয়ে পাড়ার এ-বাড়ি ও-বাড়ি থেকে ন্যাপ্‌লা, ভুলু, চটপটি আর সুনন্দকে ডেকে আনল। ন্যাপ্‌লা এসেই বলল, 'এই বাদলা দিনে মোমবাতির আলোয় কিন্তু—'

'ভূতের গল্প ত ?'

'মানে, যদি আপনার স্টকে আর থাকে। দুটো গল্প ত অলরেডি বলা হয়ে গেছে।'

'আমার স্টক ? আমার যা স্টক তাতে দুটো আরব্যোপন্যাস হয়ে যায়।'

'তার মানে টু থাউজ্যাণ্ড অ্যাণ্ড টু নাইটস্ ?'

আমাদের মধ্যে ন্যাপ্‌লাই খুড়োর সঙ্গে তাল রেখে কথা বলতে পারে।

'আজ্ঞে হ্যাঁ,' বললেন খুড়ো। 'তবে সব যে ভূতের গল্প তা নয় অবশ্যই।'

এখানে বলে রাখি যে তারিণীখুড়োর গল্পগুলো এত জমাটি হয় যে সেগুলো গুল না সত্যি সে কথাটা আর কোনোদিন জিজ্ঞেস করি না। তবে এটা জানি যে পঁয়তাল্লিশ বছর ধরে ভারতবর্ষের নানা জায়গায় ঘোরার ফলে খুড়োর অভিজ্ঞতার স্টক অফুরন্ত।

'আজকে কিসের গল্প বলবেন ?' জিগ্যেস করল ভুলু।

'আজকেরটা ভূতেরও বলতে পারিস, কঙ্কালেরও বলতে পারিস।'

'কঙ্কাল আর ভূত যে এক জিনিস সেটা ত জানতাম না,' বলল ন্যাপ্‌লা।

'তুই আর কী জানিস রে ছোকরা ? এক জিনিস না হলেও একেক সময় এক হয়ে যায়। অন্তত আমি যে ঘটনার কথা বলতে যাচ্ছি তাতে তাই হয়েছিল। শোনার যদি সাহস থাকে তোদের ত বলতে পারি।'

আমরা পাঁচজনে একসঙ্গে পর পর তিনবার 'আছে !' বলার পর খুড়ো শুরু করলেন।

আমি তখন মালাবারে এলাচের ব্যবসা করে বেশ দু' পয়সা কামিয়ে আবার ভবঘুরে। কোচিন থেকে গেলুম কোয়েম্বাটোর, সেখান থেকে ব্যাঙ্গালোর, ব্যাঙ্গালোর টু কুর্নুল, কুর্নুল টু হায়দ্রাবাদ। ফার্স্ট ক্লাস ছাড়া ট্রেনে চড়ি না, ভালো হোটেলে থাকি, শহরে ঘোরার ইচ্ছে হলে ট্যাক্সি ডাকি। হায়দ্রাবাদে যাবার ইচ্ছে ছিল সালার জাং মিউজিয়মটা দেখার জন্য। স্রেফ একজন লোকের সংগ্রহ থেকে একটা পুরো মিউজিয়ম হয়ে যায় সেটা না দেখলে বিশ্বাস করা যায় না। মিউজিয়ম দেখে গোলকোণ্ডায় একটা ট্রিপ মেরে আবার বেরিয়ে পড়ব ভাবছি, এমন সময় লোকাল কাগজে একটা বিজ্ঞাপন দেখে মনটা চনমন করে উঠল। হায়দ্রাবাদেরই আর্টিস্ট ধনরাজ মার্তণ্ড একজন মডেল চাইছেন পৌরাণিক ছবি আঁকার জন্য। তোরা রবিবর্মার নাম শুনেছিস কিনা জানি না। রাজা রবিবর্মা। ট্র্যাভাঙ্কোরের এক রাজবংশের ছেলে ছিলেন। পৌরাণিক ছবি এঁকে খুব নাম করেছিলেন গত শতাব্দীর শেষ দিকটায়। ভারতবর্ষের বহু রাজারাজড়ার বাড়িতে দেখতে পাওয়া যায় তাঁর আঁকা সব অয়েল পেন্টিং। কতকটা রবিবর্মার স্টাইলের ছবি আঁকে এই ধনরাজ মার্তণ্ড, আর আমি যখনকার কথা বলছি, বছর পঁয়ত্রিশ আগে, তখন লোকটার খুব নাম, খুব পসার। তার এই বিজ্ঞাপনটা দেখে বেশ একটা জোরালো প্রতিক্রিয়া হল। পুরুষ মডেল চেয়েছে, চেহারা ভালো হওয়া চাই, রোজ সিটিং দিতে হবে, উপযুক্ত পারিশ্রমিক দেবে। তোদের ত বলেইছি, সে বয়েসে আমার চেহারা ছিল লাইক এ প্রিন্স। তার উপর ডন-বৈঠক দেওয়া শরীর। গায়ে জোব্বা, মাথায় মুকুট আর কোমরে তলোয়ার দিয়ে যে-কোনো নেটিভ স্টেটের সিংহাসনে বসিয়ে দেওয়া যায়। যাই হোক, অ্যাপ্লাই করে দিলুম, আর ডাকও এসে গেল সাতদিনের মধ্যে।

নতুন খুরে দাড়ি কামিয়ে ভালো পোশাক পরে দুর্গা বলে হাজির হলুম মার্তণ্ডের অ্যাড্রেসে। বাড়িটা দেখেই মনে হল এককালে কোনো নবাবের হাভেলি-টাভেলি ছিল। চারিদিকে মার্বেল মোজেইক নকসার ছড়াছড়ি। পৌরাণিক ছবিতে যে ভালো রোজগার হয় সেটা বোঝাই যাচ্ছে।

উর্দিপরা বেয়ারা এসে আমাকে নিয়ে গিয়ে বসাল একটা সারি সারি চেয়ার পাতা ঘরে। সেখানে জনা পাঁচেক ক্যানডিডেট অপেক্ষা করছে, যেন ডাক্তারের

ওয়েটিং রুম। এদের মধ্যে একজনের চেহারাটা চেনা চেনা লাগলেও সে যে কে তা ঠিক বুঝতে পারলুম না। আমি বসার মিনিট খানেকের মধ্যেই সে লোকের ডাক এল। বেয়ারা ঘরে ঢুকে 'বিশ্বনাথ সোলাঙ্কি' বলতেই চিনে ফেললুম লোকটাকে। ফিল্ম পত্রিকায় এঁর ছবি দেখেছি। কিন্তু তাহলে আবার চাকরির জন্য দরখাস্ত করা কেন?

কৌতূহল হওয়াতে আমার পাশে বসা ভদ্রলোকটিকে জিগ্যেস করলুম, 'আচ্ছা, যিনি এক্ষুনি উঠে গেলেন, তিনি বোধহয় একজন ফিল্মস্টার, তাই না?'

ভদ্রলোক একটু হেসে বললেন, 'স্টার হলে কি আর এখানে দেখতে পেতে? হতে চেয়েছিল স্টার, কিন্তু তিনটি ছবি পর পর মার খাওয়াতে এখন অন্য রাস্তা দেখছে।'

ভদ্রলোক আরো বললেন যে সোলাঙ্কি নাকি হায়দ্রাবাদেরই ছেলে। ধনী বাপের পয়সা উড়িয়েছে জুয়া খেলে আর ফুর্তি করে। তারপর বোম্বাই গিয়ে ফিল্মের হিরো হবার চেষ্টায় বিফল হয়ে আবার এখানে ফিরে এসেছে।

যিনি এসব খবর দিলেন তিনি নিজেও অবিশ্যি একজন ক্যানডিডেট। পাঁচজনের সকলেই মডেল হবার আশায় এসেছেন, তবে তার মধ্যে সোলাঙ্কির চেহারাটাই মোটের উপর ভালো, যদিও যাকে পৌরুষ বলে সে জিনিসটার একটু অভাব।

আমার ডাক পড়ল সবার শেষে। যে ঘরে ইন্টারভিউ হচ্ছে সেটাই দেখলাম স্টুডিও, কারণ একদিকে রয়েছে বেশ বড় একটা কাঁচের জানালা, ঘরের একপাশে একটা ইজেল আর তার পাশে একটা টেবিলের উপর আঁকার সরঞ্জাম। এইসবের মধ্যেই একটা ডেস্ক পাতা হয়েছে, আর তার দুদিকে দুটো চেয়ার। একটায় বসেছেন মার্তণ্ড সাহেব। সাহেব কথাটা ভুল হল না, কারণ ভদ্রলোকের ইংরিজিটা বেশ চোস্ত। শকুনিমার্কা নাক, ফ্রেঞ্চ-কাট দাড়ি, মাথার লম্বা ঢেউ-খেলানো চুল নেমে এসেছে কাঁধ অবধি। পোশাক সম্ভবত নিজেরই ডিজাইন করা, কারণ জাপানী, সাহেবী আর মুসলমানী পোশাকের এমন খিচুড়ি আর দেখিনি। পাঁচ মিনিট কথা বলে আর জামা খুলিয়ে আমার বাইসেপ ট্রাইসেপ আর ছাতি দেখে ভদ্রলোক আমাকেই সিলেক্ট করে নিলেন। ডেইলি সিটিং-এ একশো টাকা। অর্থাৎ মাসে ত্রিশ দিন কাজ হলে তিন হাজার—আজকের দিনে প্রায় দশ-পনেরো হাজারের সামিল।

পরের দিন থেকেই কাজ শুরু হয়ে গেল। যে কোনো পৌরাণিক ঘটনাই হোক না কেন, তাতে প্রধান পুরুষ চরিত্র হব আমি। নারী চরিত্রের জন্য আছেন মিসেস্ মার্তণ্ড, আর ওদেরই উনিশ বছরের মেয়ে শকুন্তলা। খুচরো পুরুষের জন্য মডেলের অভাব নেই। মার্তণ্ডের পৌরাণিক পোশাকের স্টক বিরাট—পাগড়ি মুকুট ধুতি চাদর কোমরবন্ধ তাগা তাবিজ নেকলেস সবই

আছে। অর্জুনের লক্ষ্যভেদ দিয়ে আঁকা শুরু হল, তার জন্য একটি জবরদস্ত ধনুকও তৈরী করিয়ে রেখেছেন আর্টিস্ট মশাই।

হুসেন সাগর লেক থেকে পাঁচ মিনিটের হাঁটা পথে দেড়শ টাকা ভাড়ার দুটি ঘর নিয়ে নিলাম আমি। বাড়িওয়ালা মোতালেফ হোসেন অতি সজ্জন ব্যক্তি, বাঙালীদের সম্বন্ধে খুব উঁচু ধারণা। রোজ সকালে আণ্ডা-টোস্ট খেয়ে বেরিয়ে পড়ি, নটা থেকে একটা পর্যন্ত সিটিং, তার মধ্যে চা-পানের জন্য দশ মিনিটের বিরতি থাকে এগারোটায়। কাজের পর বাকি দিনটা ফ্রী থাকে, হায়দ্রাবাদ শহর ঘুরে দেখি, সন্ধ্যাবেলা লেকের ধারে একটু বেড়িয়ে দশটার মধ্যে ঘুমিয়ে পড়ি। এছাড়া আরেকটা কাজ আছে, সেটা হল পুরাণের গল্প পড়ে মার্তণ্ডর জন্য সুটেব্‌ল সাবজেক্ট খুঁজে রাখা। মার্তণ্ড নিজে শুধু রামায়ণ-মহাভারতটা পড়েছে, তাও তেমন খুঁটিয়ে নয়, তাই তার বিষয়গুলো একটু মামুলি হয়ে পড়ে।

আমিই মার্তণ্ডকে বলেছিলাম রাজা বিক্রমাদিত্যের কিছু ঘটনা, যেগুলো ওর মনে ধরেছিল। আমি জানতুম বিক্রমাদিত্যের পক্ষে আমার চেহারা খুব যুৎসই। কিন্তু কাজের বেলা গণ্ডগোলটা কোথায় হল আর কী ভাবে হল সেটাই বলি।

চার মাস একটানা সিটিং দিয়ে আটটা ছবি হয়ে হয়ে গেছে, এমন সময় একদিন সন্ধেবেলা লেকের ধারে বেড়িয়ে বাড়ি ফিরছি, একটা পুরোন মসজিদের পাশ দিয়ে রাস্তা, জায়গাটা নিরিবিলি। মসজিদের উল্টো দিকে একটা তেঁতুল গাছের নিচে পৌঁছেছি, এমন সময় পিছন দিক থেকে মাথায় একটা বাড়ি খেয়ে চোখে ফুলঝুরি দেখলুম।

জ্ঞান হলে পর দেখি হাসপাতালের বিছানায় শুয়ে আছি, মাথায় আর বাঁ হাতে বেদম পেন। রাস্তায় অজ্ঞান হয়ে পড়ে থাকতে দেখে এক সহৃদয় ভদ্রলোক তাঁর গাড়িতে তুলে সোজা হাসপাতালে নিয়ে এসেছেন। হাতের ব্যথাটা আর কিছুই না—যখন পড়েছি তখন রাস্তায় একখণ্ড পাথরে লেগে কনুইটা ফ্র্যাকচার হয়েছে। এখানে বলে রাখি যে অজ্ঞান অবস্থায় আমার বেশ কিছু লোকসান হয়ে গেছে : আমার ওয়ালেটে ছিল দেড়শো টাকা, সেটি গেছে, আর আমার সাতশো টাকা দামের সাধের ওমেগা ঘড়িটা। পুলিশে খবর দিয়ে কোনো ফল হয়নি, কারণ এ ধরনের অঘটন রাস্তাঘাটে নাকি প্রায়ই ঘটে।

হাত প্লাস্টার করে বিছানায় পড়ে থাকতে হল তিন হপ্তা। জখম হবার চার-পাঁচ দিনের মধ্যেই আমি মার্তণ্ডকে একটা পোস্টকার্ড ছেড়ে দিয়েছিলুম আমার অবস্থা জানিয়ে। তিন দিনের মধ্যেই তার উত্তর এসে যায়। দুঃসংবাদ। মার্তণ্ড লিখেছে বিক্রমাদিত্য সিরিজের জন্য অর্ডার পেয়ে গেছে, অমুক তারিখের মধ্যে ছখানা ছবি দিতে হবে, তাই সে অন্য মডেল নিতে বাধ্য হয়েছে। আমার মতো কোয়ালিফিকেশন নাকি তার নেই, কিন্তু নিরুপায়। এ সিরিজ শেষ হলে পরে প্রয়োজন হলে আমায় আবার জানাবে, ইত্যাদি।

এ নিয়ে ত আর করার কিছু নেই, তাই অগত্যা সময় কাটানো এবং যা হোক কিছু রোজগারের জন্য অন্ধ্র হেরাল্ড পত্রিকায় একটু আধটু লিখতে শুরু করলুম। ছখানা ছবি আঁকতে মার্তণ্ডের লাগবে অন্তত তিনমাস। অর্থাৎ আমার প্রায় ন হাজার টাকা লোকসান করে দিয়েছে হায়দ্রাবাদের গুণ্ডা।

কিন্তু একমাস যেতে না যেতেই আমার বাড়িওয়ালার কাছে টেলিফোন এল মার্তণ্ড সাহেবের। আমায় নাকি তাঁর বিশেষ প্রয়োজন।

বেশ কৌতূহল নিয়ে হাজির হলুম মার্তণ্ডের স্টুডিওতে। ব্যাপারটা কী?

'আমার একটা ভালো স্কেলিটন জোগাড় করে দিতে পার?' বললেন মার্তণ্ড সাহেব। 'দু-একজনকে বলে ফল হয়নি তাই তোমার কথা মনে হল। যদি পার ত ভালো কমিশন দেব। আমার বিশেষ দরকার।'

জিগ্যেস করলুম স্কেলিটনের প্রয়োজন হচ্ছে কেন। মার্তণ্ড বললেন বেতাল পঞ্চবিংশতির ছবি আঁকবেন। বিক্রমাদিত্যের কাঁধে বেতাল হবে ছবির সাবজেক্ট। বেতালের গল্প আজকালকার ছেলেমেয়েরা পড়ে কিনা জানি না; আমরা এককালে খুব উপভোগ করতুম। এক সন্ন্যাসী বিক্রমাদিত্যকে আদেশ করেছে—দু ক্রোশ দূরে শ্মশানে শিরীষ গাছে একটা মড়া ঝুলছে, সেইটে তুমি আমার কাছে এনে দাও। বিক্রমাদিত্য শ্মশানে গিয়ে ঝুলন্ত মড়ার গলার দড়ি তলোয়ারের এক কোপে কেটে ফেলতেই মড়া মাটিতে পড়ে খিলখিল করে হেসে উঠল। ছেলেবেলায় জিন্দা লাশ বলে একটা হিন্দি ফিল্ম দেখেছিলুম; এও হল জিন্দা লাশ। এমন লাশ যার মধ্যে ভূত বাসা বেঁধেছে। এই ভূতে পাওয়া মড়াকেই বলে বেতাল। বিক্রমাদিত্য বেতালকে কাঁধে নিয়ে সন্ন্যাসীর কাছে চলেছেন, আর বেতাল তাঁকে হেঁয়ালি গল্প বলছে। রাজা যদি হেঁয়ালির ঠিক উত্তর দেন তাহলে মড়া আবার তাঁর কাঁধ থেকে শিরীষ গাছে ফিরে যাবে, আর যদি ভুল উত্তর দেন তাহলে রাজা বুক ফেটে মরে যাবেন।

যাই হোক, আমি মার্তণ্ডকে বললুম, 'কিন্তু সাহেব, বেতাল ত কঙ্কাল নয়, সে ত শবদেহ।'

মার্তণ্ড বললে, 'স্কেলিটন পেলে আমি ছবিতে তার গায়ে চামড়া বসিয়ে নিতে পারব, কিন্তু স্কেলিটন আমার চাই-ই।'

আমি বললুম, 'তোমার মডেল কঙ্কালকে কাঁধে নিতে রাজি হবে ত?'

'হবে বৈকি,' বললে মার্তণ্ড। 'আমি তার সঙ্গে কথা বলেছি। সে বলে তার কোনো ভয়ডর নেই। এখন তুমি বল তুমি জোগাড় করে দিতে পারবে কিনা।'

বললুম, 'আই শ্যাল ট্রাই মাই বেস্ট। তবে এ কিন্তু অল্প খরচে হবে না। আর কাজ হয়ে গেলে সে কঙ্কাল ফেরত দিতে হতে পারে।'

মার্তণ্ড আমার হাতে দু হাজার টাকা দিয়ে বললে, 'এই হল কঙ্কালের সাতদিনের ভাড়া, এটা দাম নয়। আর তোমায় আমি দেব টু হান্ড্রেড।'

॥ ২ ॥

স্কেলিটন পাওয়া আজকের দিনে খুবই কঠিন সেটা সকলেই জানে। যা পাওয়া যায় সবই প্রায় বিদেশে এক্সপোর্ট হয়ে যায়। কিন্তু তখনও যে সহজ ছিল তা নয়। বিশেষত হায়দ্রাবাদের মতো জায়গায়। আমি অনর্থক খোঁজাখুঁজি না করে সোজা আমার বাড়িওয়ালাকে ব্যাপারটা খুলে বললাম। মোতালেফ সাহেব হায়দ্রাবাদে রয়েছেন বেয়াল্লিশ বছর। এখানকার নাড়ীনক্ষত্র জানেন। আমার কথা শুনে কিছুক্ষণ ভুরু কুঁচকে থেকে বললেন, 'একটা স্কেলিটনের কথা মনে পড়ছে বটে, তবে সেটা আসল কঙ্কাল না যন্ত্রপাতি লাগানো আর্টিফিশিয়াল কঙ্কাল সেটা বলতে পারব না। আর সেটা এখনো সে লোকের কাছে আছে কিনা তাও জানি না।'

'কে লোক সে?'

'এক ম্যাজিশিয়ান,' বললেন হোসেন সাহেব। 'আসল নাম কী জানি না, তবে ভোজরাজ নামে খেলা দেখাত। তার মধ্যে একটা ছিল কঙ্কালের খেলা। কঙ্কাল তার সঙ্গে এক টেবিলে বসে চা খেত, তাস খেলত, দুজনে পাশাপাশি হাঁটাচলা করত। সে এক তাজ্জব ব্যাপার। খুব নাম করেছিল লোকটা। তবে বছর পনের তার কোনো হদিস পাইনি। ম্যাজিক ছেড়ে দিয়েছে এটাই শুনেছিলাম।'

'সে কি হায়দ্রাবাদেরই লোক?'

'হ্যাঁ, তবে তার ঠিকানা জানি না। অন্ধ্র অ্যাসোসিয়েশনে জিগ্যেস করে দেখতে পার। তারা ফি বছর ভোজরাজের খেলার ব্যবস্থা করত।'

অন্ধ্র অ্যাসোসিয়েশনের কাছ থেকে ভোজরাজের এককালের ঠিকানা পাওয়া গেল। আশ্চর্য! গিয়ে দেখি লোকটা এখনো সেইখানেই আছে। চক বাজারের মধ্যে একটা দোতলা বাড়িতে দুটি ঘর নিয়ে তিনি থাকেন। বয়স আশী-টাশী হবে, মুখ ভর্তি একরাশ খয়েরি রঙের দাড়ি, মাথায় চক্চকে টাক, গায়ের রং আবলুশ। আমায় দেখে হিন্দিতে প্রথম কথাই বললেন, 'বাঙালী বাবুর নসীব খারাপ যাচ্ছে বলে মনে হচ্ছে?'

লোকটা তাহলে বোধহয় গুণতে জানে। এবারে আর ভনিতা না করে আসল ব্যাপারটা তাঁর কাছে পেশ করলুম। বললুম, 'যদি সে-কঙ্কাল এখনো আপনার কাছে থেকে থাকে আর যদি সেটাকে হপ্তা খানেকের জন্য ভাড়া দিতে পারেন তাহলে আমার নসীব কিছুটা ইমপ্রুভ করতে পারে। যিনি ভাড়া নেবেন তিনি দু হাজার টাকা দিতে রাজী আছেন। সে কঙ্কাল এখনো আছে কি?'

'একটা কেন—দুটো আছে—হ্যাঃ হ্যাঃ হ্যাঃ হ্যাঃ।'

আমি একটু থতমত খেয়ে গেলুম।

'আরে কঙ্কাল ত তোমারও আছে!' বললেন ভোজরাজ। 'নেই কি? কঙ্কাল

আছে বলেই ত চলে ফিরে বেড়াচ্ছ ! তোমার কঙ্কাল ত আমি চোখের সামনে দেখতে পাচ্ছি । কনুইয়ের কাছে হাড়ে চিড় ধরল, ডাক্তার আবার সেটাকে জুড়ে দিল । তুমি জোয়ান বলেই জোড়া লাগল ! আমি যদি মাথায় বাড়ি খেয়ে পড়ে হাড় ভাঙতুম, আমাকে কি আর কোনোদিন উঠতে হত ?'

এই সুযোগে একটা প্রশ্ন না করে পারলুম না ।

'আমায় কে জখম করল সেটা বলতে পারেন ?'

'এ ভেরি অর্ডিনারি গুণ্ডা,' বললেন ভোজরাজ । 'তবে তার পিছনে অন্য কেউ আছে কিনা জানি না। থাকতে পারে । সেটা জানতে পারে আমার কঙ্কাল । সেটা আমার চেয়ে অনেক বেশি জ্ঞানী । তুমি চাইছ সে কঙ্কাল, আমি দিতেও প্রস্তুত আছি—অনেককাল রোজগার নেই, দেনা জমে গেছে বিস্তর, দু হাজার পেলে সব শোধ হয়ে যাবে, আমিও নিশ্চিন্তে মরতে পারি—কিন্তু একটা কথা বলি তোমায় । এ কঙ্কাল যে-সে কঙ্কাল নয় । যাঁর কঙ্কাল তিনি ছিলেন সিদ্ধপুরুষ । মাটি থেকে পাঁচ হাত শূন্যে উঠে যোগ সাধনা করতেন । বায়ু থেকে আহার্য আহরণ করতেন, ফলমূলের দরকার হত না । তাঁর তেজ ছিল অসামান্য । একবার তাঁর সাধনার সময় এক চোর তাঁর কুটিরে ঢুকে ঘটিবাটি সরাতে গিয়েছিল । হাত বাড়ানো মাত্র আঙুলগুলো বেঁকে যায় । কুষ্ঠ । কেউটে ছোবল মারতে এলে সাপ ভস্ম হয়ে যেত, বাবাজীর কিছু হত না !'

আমি একটা কথা না বলে পারলুম না ।

'কিন্তু এই বাবাজীর কঙ্কালকেও ত আপনি বশে এনেছিলেন । একে দিয়ে ভেলকি দেখাতেন স্টেজে ।'

'তাহলে বলি শোন,' বললেন ভোজরাজ । 'কঙ্কালকে আমি কোনোদিন বশে আনিনি । এ সবই তাঁর খেলা । অন্য যা ম্যাজিক দেখাতুম সেগুলো কিছুই না—সব যন্ত্রপাতির কারসাজি । লোকে ভাবত কঙ্কালের মধ্যে বুঝি কলকব্জা আছে । আসলে কঙ্কালের যা কিছু ক্ষমতা সবই গুরুজীর কৃপায় । মনে মনে তাঁর শিষ্য হয়ে আমি একটানা দশ বছর তাঁর পদসেবা করি । তখন আমার তরুণ বয়স—ম্যাজিক সম্বন্ধে একটা কৌতূহল ছিল, এই পর্যন্ত । গুরুজী একবারও আমার কোনো নোটিস নেননি । তারপর একদিন হঠাৎ আমার দিকে চেয়ে বললেন, 'বেটা, তোর ওপর আমি খুশি হয়েছি । তবে তুই এখন সংসার ত্যাগ করতে যাস নি । তোর অনেক কাজ আছে । তুই হবি ভোজবাজির রাজা । তোর নাম হবে । যে কাজে নাম করবি সেই কাজেই আমি তোকে সাহায্য করব, তোর সেবার প্রতিদান দেব । তবে সেটা এখন নয় । আমি মরবার পর ।'

আমি বললাম, 'সেটা কি রকম করে হবে যদি বুঝিয়ে দেন ।'

গুরুজী আমাকে সন তারিখ বলে দিয়ে বললেন, 'এই দিনে যাবি তুই নর্মদার তীরে মান্ধাতা শহরে । সেখানে শ্মশানে গিয়ে দেখবি একটা বেল গাছ । সেই

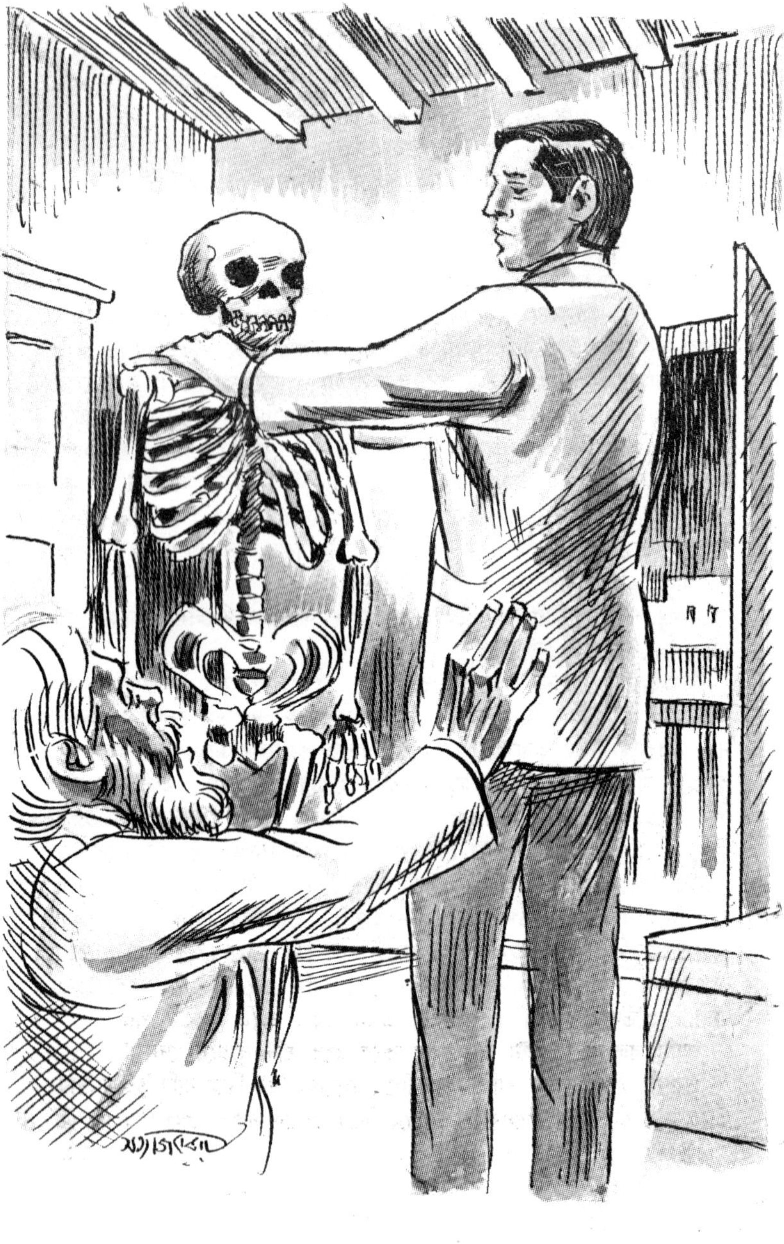

গাছ থেকে নদীর ধার ধরে পশ্চিমে চলে যাবি নশো নিরানব্বুই পা। সেখানে দেখবি বনের মধ্যে একটা তেঁতুল গাছ আর বাবুল গাছের মধ্যে আকন্দ ঝোপের পাশে একটা কঙ্কাল। সেটাই আমি। সেটাকে তুই নিয়ে যাস। সেটাই সাহায্য করবে তোর কাজে, তোর আদেশ মানবে, লোকে দেখে তোকে বাহবা দেবে। তারপর কাজ ফুরিয়ে গেলে সেটাকে নদীর জলে ফেলে দিবি। যদি তখনও কাজ বাকি থাকে তাহলে সেটা জলে ডুববে না। তখন আবার তুলে এনে তোর কাছে রেখে দিবি।'

সব শুনেটুনে ভোজরাজকে জিজ্ঞেস করলাম, 'ওটা জলে ফেলে দেবার সময় কি এখনো আসেনি?'

ভোজরাজ বললেন, 'না, আসেনি। একবার মুসির জলে ফেলে দেখেছিলাম, ডোবেনি। এখন বুঝতে পারছি তোমারই অপেক্ষায় ছিলাম। তোমার কর্কট রাশিতে জন্ম ত?'

'হ্যাঁ।'

'পঞ্চমী তিথি?'

'আজ্ঞে হ্যাঁ।'

'তবে তুমিই সেই লোক। অবিশ্যি রাশি আর তিথি না মিললেও, তোমাকে দেখেই মনে হয়েছিল তুমি সিধে লোক। বাবার কঙ্কালের হিল্লেটা তোমার হাত দিয়ে হলে ভালোই হবে। আমার বিশ্বাস বাবারও তোমাকে ভালো লাগত। তিনি সাচ্চা লোক পছন্দ করতেন।'

'তাহলে এখন কী করতে হবে?'

'আগে ওই বাক্সটা খোলো।'

ঘরের এক পাশে একটা বড় কাঠের সিন্দুকের দিকে দেখিয়েছেন ভোজরাজ। আমি গিয়ে ডালাটা তুললুম। ভেতরে কিংখাবের কাজ করা একটা গাঢ় লাল মখমলের ওপর হাঁটু ভাঁজ করে কঙ্কালটা শোয়ানো রয়েছে। ভোজরাজ বললেন, 'ওটাকে তুলে বাইরে আন।'

দেখলাম মিহি তামার তার দিয়ে সুন্দর করে কঙ্কালের হাড়গুলো পরস্পরের সঙ্গে প্যাঁচানো রয়েছে। পাঁজরাটা দু'হাত দিয়ে জাপটে ধরে কঙ্কালটা বাইরে আনলুম। ভোজরাজ বললেন, 'ওটাকে দাঁড় করাও।'

করালুম।

'এবার হাত দুটো ছেড়ে দাও।'

হাত সরিয়ে আনলুম, আর সঙ্গে সঙ্গে আমার চোখ টেরিয়ে গেল। কঙ্কাল নিজে থেকেই দাঁড়িয়ে রয়েছে। কোনো সাপোর্ট নেই।

'এবারে ওটাকে গড় কর। এই শেষ কাজের জন্য ওটা তোমারই সম্পত্তি।'

কাজটা যে কী জানি না, তবু রিস্ক না নিয়ে গড় না করে একেবারে সাষ্টাঙ্গ হয়ে

শুয়ে পড়লুম স্কেলিটনের সামনে।

'যা করছ তা বিশ্বাস করে করছ ত ?' জিগ্যেস করলেন ভোজরাজ। বললুম, 'আমার মনের সব কপাট খোলা, ভোজরাজজী। আমি হাঁচি টিকটিকি ভূত-প্রেত দত্যি-দানা বেদ-বেদান্ত আইনস্টাইন-ফাইনস্টাইন সব মানি।'

'ভেরি গুড। এবার তুমি ওটাকে নিয়ে যাবার ব্যবস্থা কর। দেখো যেন গুরুজীর মনোবাঞ্ছা পূর্ণ হয়। কাজ হয়ে গেলে ওটাকে মুসি নদীর জলে ফেলে দিও।'

কঙ্কাল পেয়ে অত্যন্ত খুশি হয়ে মার্তণ্ড আমাকে দুশোর জায়গায় পাঁচশো টাকা বকশিস দিয়ে ফেললেন। তারপর বললেন, 'আজ সন্ধ্যায় কী করছ ?'

'কেন বলুন ত ?'

'আজ বিক্রমাদিত্যের ছবিটা আঁকা শুরু করব। তুমি এলে ভালো হয়।'

'আমি ত জানতুম আপনি সকালে ছাড়া ছবি আঁকেন না।'

'এটার জন্য স্পেশাল ব্যবস্থা,' বললেন মার্তণ্ড। 'এ ছবির জন্য যে মুডটা চাই সেটা রাত্রেই ভালো আসবে। আর দৃশ্যটার জন্য আমি নিজে প্ল্যান করে একটা লাইটিং-এর ব্যবস্থা করেছি। আমি সেটা তোমাকে দেখাতে চাই।'

'কিন্তু মডেল যদি আপত্তি করে ?'

'তুমি যে ঘরে আছ সেটা সে জানবেই না। তুমি ঠিক সাতটার সময় এসে স্টুডিওর এই কোণটাতে চুপটি করে দাঁড়িয়ে থাকবে। আলোগুলো সব মডেলের উপর ফেলা থাকবে। তার পিছনে কী আছে সেটা সে দেখতেই পাবে না।'

এককালে অ্যামেচার থিয়েটার করেছি। জানতুম ফুটলাইটের পিছনে দর্শকদের প্রায় দেখাই যায় না। এও সেই ব্যাপার আর কি।

আমি রাজি হয়ে গেলাম।

একটা ধুকপুকুনির ভাব নিয়ে সাতটার ঠিক পাঁচ মিনিট আগে হাজির হলুম মার্তণ্ডের বাড়ি। ওঁর মাদ্রাজী চাকর শিবশরণ আমাকে দরজা ফাঁক করে ঢুকিয়ে দিলে স্টুডিওতে।

মডেলের জায়গা এখনো খালি। তবে লাইটিং হয়ে গেছে এবং সত্যিই তারিফ করার মতো ব্যাপার সেটা। যে শ্মশানে ভূত পিশাচের নৃত্য হচ্ছে সেখানে এইরকম আলোরই দরকার।

মার্তণ্ড বসে আছে ক্যানভাসের সামনে, তার পাশে একটা জোরালো ল্যাম্প। সে আমাকে আড়চোখে দেখে একটা বিশেষ দিকে নির্দেশ করল। সেটা হল স্টুডিওর সঙ্গে লাগা একটা ঘরের দরজা। বুঝলাম সে ঘরে মডেল তৈরি হচ্ছেন।

এবারে আরেকটা জিনিসের দিকে দৃষ্টি গেল। সেটা হল কঙ্কাল। একটা

হ্যাটস্ট্যাণ্ডের ডাঁটি থেকে সেটা ঝুলছে। তার গায়ে ভৌতিক আলো পড়ে সেটা আরো ভৌতিক দেখাচ্ছে। আর তার সঙ্গে ভৌতিক হাসি। তোরা লক্ষ করেছিস কিনা জানি না—বত্রিশ পাটি দাঁত বেরিয়ে থাকে বলে যে-কোনো খুলির দিকে চাইলেই মনে হয় সেটা হাসছে।

একটা খুট্ শব্দ শুনে অন্য ঘরের দরজাটার দিকে চোখ গেল। তলোয়ার হাতে রাজপোশাক পরিহিত বিক্রমাদিত্য বেরিয়ে এলেন দরজা খুলে। পাকানো গোঁফ, গালপাট্টা, লম্বা ঢেউ খেলানো চুল—কোনো ভুল নেই। মনটা হু হু করে উঠল, কারণ এই পার্টটা আমারই পাবার কথা, দৈব দুর্বিপাকে ফস্‌কে গেল।

রাজা এসে স্টেজে আলো নিয়ে দাঁড়ালেন। মার্তণ্ড উঠে গিয়ে তার পোজ আর পোজিশনটা ঠিক করে দিয়ে চলে গেলেন হ্যাটস্ট্যাণ্ডের দিকে। কঙ্কালটাকে নামিয়ে নিয়ে সেটাকে মডেলের কাঁধে চাপিয়ে দিয়ে বললেন, 'এটার হাত দুটোকে তোমার কাঁধের উপর দিয়ে সামনের দিকে ঝুলিয়ে দাও, আর পা দুটো কোমরের দুপাশ দিয়ে নিয়ে এক করে তোমার বাঁ হাত দিয়ে চেপে থাক।'

দেখলুম মডেল দিব্যি মার্তণ্ডের ইনস্ট্রাকশন পালন করলে। লোকটার সাহসের প্রশংসা না করে উপায় নেই।

মার্তণ্ড ছবি আঁকা শুরু করে দিলেন। প্রথমে চারকোল দিয়ে স্কেচটা করে তারপর রং চাপানো হবে। এর আগে ত আমিই মডেল হতুম, তাই আঁকাটা কেমন হচ্ছে সেটা দেখার সুযোগ ছিল না। আজ দেখতে পেলুম মার্তণ্ডের নিপুণ হাতের কাজ।

মিনিট পাঁচেকও হয় নি, হঠাৎ মনে হল স্টেজের দিক থেকে একটা গোঙানির শব্দ পাচ্ছি। আর্টিস্ট এত মশগুল যে তার কানে শব্দটা যায়নি। সে খালি বললে, 'স্টেডি, স্টেডি,' কারণ রাজা অল্প অল্প হেলতে দুলতে শুরু করেছেন।

আর্টিস্টের আদেশ সত্ত্বেও দেখলাম মডেল স্টেডি থাকতে পারছে না ; সে এপাশ ওপাশ করছে। আর তার মুখ দিয়ে যে শব্দটা বেরোচ্ছে সেটাকে গোঙানি ছাড়া আর কিছুই বলা যায় না।

'হোয়াটস্ দ্য ম্যাটার ?' বেশ বিরক্তির সঙ্গে প্রশ্ন করলেন মার্তণ্ড।

এদিকে আমি ম্যাটারটা বুঝে ফেলেছি। কারণ চোখের সামনে দেখতে পাচ্ছি কী ঘটছে।

কঙ্কালের হাত দুটো আর ঝোলানো নেই। সেটা ধীরে ধীরে উপরের দিকে উঠে মডেলের থুতনির নিচে এসে ক্রমে একটা ভয়ংকর আলিঙ্গনে পরিণত হচ্ছে। সেই সঙ্গে পা দুটোও যেভাবে জড়িয়ে ফেলেছে কোমরটাকে, সেটা আর কোনোদিন খোলা যাবে বলে মনে হয় না।

মডেলের অবস্থা এখন শোচনীয়। তার গোঙানি ক্রমে পরিত্রাহি আর্তনাদে পরিণত হয়েছে, আর সে তলোয়ার মাটিতে ফেলে দিয়ে সমস্ত দেহটাকে ঝাঁকিয়ে

দু'হাতের সমস্ত শক্তি দিয়ে কঙ্কালের হাত দুটোকে আলগা করার চেষ্টা করছে।

মার্তণ্ড একটা চিৎকার দিয়ে দৌড়ে গেছে মডেলের দিকে, কিন্তু দু'জনের কম্বাইন্ড চেষ্টা এবং শক্তিপ্রয়োগেও কোনই ফল হল না। মার্তণ্ড হাল ছেড়ে দিয়ে টলতে টলতে পিছিয়ে এসে ইজেলটাকে উল্টে ফেলে দিয়ে আমারই পাশে দেওয়ালের গায়ে এলিয়ে পড়ল।

আমার কিংকর্তব্যবিমূঢ় ভাবটা যদিও বেশিক্ষণ থাকেনি, কিন্তু তার মধ্যেই মডেল কাঁধে কঙ্কাল সমেত মাটিতে গড়িয়ে পড়েছে। এদিকে ঘড়ঘড়ে গলায় মার্তণ্ড বলছে, 'ডু সামথিং!'

আমি এবার এগিয়ে গেলুম মঞ্চের দিকে। আমার কিন্তু ভয় কেটে গেছে এর মধ্যেই, কারণ মন বলছে কঙ্কাল আমার কোনো ক্ষতি করবে না, আমার চেষ্টায় কোনো বাধা দেবে না।

কাছে যেতেই এক অদ্ভুত দৃশ্য দেখে মাথাটা ভোঁ করে উঠল। রাজার চুল গোঁফ গালপাট্টা পাগড়ি সবই আলগা হয়ে খসে পড়েছে, আর তার ফলে যে মুখটা বেরিয়ে পড়েছে সেটা আমার চেনা।

ইনি হলেন মার-খাওয়া ফিল্মের হিরো বিশ্বনাথ সোলাঙ্কি।

মুহূর্তের মধ্যে চোখের সামনে থেকে একটা পর্দা সরে গিয়ে জাজ্জ্বল্যমান সত্যিটা বেরিয়ে পড়ল, আর সেই সঙ্গে মাথায় খেলে গেল এক পৈশাচিক বুদ্ধি।

আমি সোলাঙ্কির উপর ঝুঁকে পড়ে বললাম, 'এবার বল ত দেখি, আমার জায়গাটা দখল করার জন্য আমার মাথায় বাড়ি তুমিই মারিয়েছিলে কিনা। না বললে কিন্তু কঙ্কালের হাত থেকে তোমার মুক্তি নেই।'

সোলাঙ্কির চোখ ঠিকরে বেরিয়ে আসছে; সে সেই অবস্থাতেই দম বেরিয়ে আসা গলায় বলে উঠল, 'ইয়েস ইয়েস ইয়েস—প্লীজ সেভ মি, প্লীজ!'

আমি মার্তণ্ডের দিকে ফিরে বললুম, 'তুমি সাক্ষী। শুনলে ত?—কারণ এঁকে আমি পুলিশে দেব।'

মার্তণ্ড মাথা নেড়ে হ্যাঁ জানিয়ে দিলেন।

এবার কঙ্কালের কাঁধ ধরে মৃদু টান দিতেই সেটা রাজার কাঁধ ছেড়ে উঠে এল, সঙ্গে সঙ্গে কোমর ছেড়ে পা দুটোও।

এর পরে অবিশ্যি সোলাঙ্কি মশাইয়ের আর মডেল হওয়া হয়নি, কারণ তাঁকে বেশ কিছুদিন পুলিশের জিম্মায় থাকতে হয়েছিল। তার জায়গায় বিক্রমাদিত্য সিরিজের হিরো হলেন তারিণীচরণ বাঁড়ুজ্যে। ঘটনাটা মার্তণ্ডকেও কাবু করে দিয়েছিল ঠিকই, কিন্তু দিন সাতেকের মধ্যেই রিকাভার করে তিনি আবার পুরোদমে কাজে লেগে গেলেন।

বেতালের ছবি শেষ হবার পর দিনই মুসি নদীর জলে কঙ্কালটাকে ফেলে দিলাম। চোখের নিমেষে সেটা তলিয়ে গেল জলের তলায়।

—